Pauli Fiction

Ein Reeperbahnmärchen

von

Martin Bodden

Martin Bodden

Pauli Fiction

Ein Reeperbahnmärchen

Bibliografische Information der Deutschen
Nationalbibliothek:
Die Deutsche Nationalbibliothek verzeichnet diese
Publikation in der Deutschen Nationalbibliografie; detaillierte
bibliografische Daten sind im Internet über http://dnb.de
abrufbar.

© 2022 Martin Bodden

Herstellung und Verlag: BoD – Books on Demand,
Norderstedt

ISBN: 9783754316283

Pauli Fiction spielt auf einer fiktiven Reeperbahn, irgendwann zwischen 1980 und 2000. Figuren und Handlung sind frei erfunden. Einige Orte existieren aber auch in unserer Realität, insofern als ihr sie findet.

Mike Grega sprang die Hafentreppe herunter, während er seinen schlitternden Koffer verfolgte. Der große Lude Pätrick stolperte hinter ihm her. Er griff nach Mikes Schulter, und riss ihn mit sich den Rest der Treppe herunter. Eine Pistole rutschte aus seinem Hosenbund und flog durch die Luft. Beide Männer rollten raufend die restlichen Treppenstufen herab. Als sie sich wieder aufrafften, lag der Koffer in Reichweite. Aber die Pistole lag noch näher. Pätrick schubste ihn beiseite, griff als Erster danach und zielte damit auf Mike. Beide Männer waren erschöpft und es dauerte einen Moment, bis Pätrick schwer atmend sagte:

"Bleib stehen, oder ich schieße."

Mike hob zwar die Hände und blickte in die Mündung der Pistole, kam aber trotzdem näher. Pätrick blinzelte. Die Waffe lag fest in seiner Hand.

"Hey, du siehst aus wie jemand, der mir noch Geld schuldet!", bemerkte er irritiert.

Mike nickte müde.

"Ist mir egal! Und jetzt gib' mir meinen Koffer, du Arsch!"

Pätrick sah ihn mit weit aufgerissenen Augen an, hob die Waffe, zielte mit dem Finger am Abzug.

Ein fetter Tropfen Schweiß lief seine Stirn hinab und tropfte ihm von der Nase. Für Mike hörte die Zeit in diesem Moment auf zu existieren. Er hörte nur noch auf sich selbst und auf sein eigenes, pochendes Herz.

Wie war es so weit gekommen? Eigentlich wusste er es ganz genau: sein Bruder war schuld daran! Und irgendwie auch er selbst. Begonnen hatte alles an dem Abend, der eigentlich ein Neuanfang hätte sein sollen.

Mike war zu Fuß unterwegs und gut gelaunt. Es war Sommer. Überall liefen Gruppen junger Menschen herum und aßen Eis oder tranken Weinschorle. Er hatte sein Büro abgeschlossen und dem Hausmeister den Schlüssel zurückgegeben. In seinem Koffer befand sich jetzt sein ganzes Leben: sein Laptop, die Backup-Platte und der Ausdruck seiner Magisterarbeit. Mike freute sich, weil er in seiner akademischen Karriere wieder eine Hürde überwunden hatte. Aber er musste noch etwas erledigen, bevor er den Tag erfolgreich abschließen konnte.

Einen Moment lang verdüsterte sich sein Gesicht. Dann seufzte er, atmete durch und ging auf die Bar zu, die heute ausnahmsweise sein Ziel war. Der Laden hieß 'Vixxxens' und gehörte seinem Bruder Phil. Mike trat ein und schob einen schwarzen Samtvorhang beiseite.

Noch war nichts los und die Vorbereitungen für den Abend liefen. Eine Barfrau machte die Runde und verteilte Flyer auf den Tischen. Im Hintergrund legte ein DJ testweise Platten auf und fummelte an den Reglern. Hinter der Bar stand Phil und sortierte Gläser in die Regale. Sie waren identische Zwillinge. Aber im Gegensatz zu Phil, war Mike nicht tätowiert, nicht gepierct und trug keinen Holzfäller-Bart.

Als er ihn bemerkte, kam Phil lächelnd hinter der Bar hervor und schritt mit offenen Armen auf Mike zu. Sie stießen wie zwei Wrestler zusammen und Phil hob ihn ächzend hoch.

"Schwerer Sack!", lachte er.

Mike ertrug die Umarmung, mehr als er sie erwiderte.

"Hi, Brudi! Gut, dich zu sehen!", sagte er.

"Schön, dass du es mal hergeschafft hast! Ich hab' dich oft genug eingeladen.", brummte Phil.

Mike hob den Koffer hoch.

"Jetzt bin ich ja hier! Und Morgen gebe ich meine Arbeit ab."

Phil wirkte abgelenkt. Die Musik nervte ihn.

"Glückwunsch! Ich weiß, wie wichtig dir das ist."

Er drehte sich zum DJ um und rief:

"Hey, hör' mal kurz auf, Platten zu zerkratzen, ja? Ich will mit meinem Bruder reden."

Der DJ nickte stumm und verschwand.

Phil ging zurück hinter die Bar und holte eine Flasche Champagner und einen Kühler hervor. Aus dem Nichts zauberte er zwei Gläser auf den

Tresen. Mike hatte keine Zeit zu protestieren, da war die Flasche schon offen und Phil schenkte ein.

"Das muss gefeiert werden!"

Er reichte ihm ein Glas und sie stießen an.

"Danke, Bruder! Prost!"

Mike trank und sah sich um.

"Wir waren schon immer ziemlich verschieden... "

Phil rollte die Augen.

"Och, zieh' mich doch nicht gleich wieder runter!"

"Entschuldige", meinte Mike, "aber du hast mich doch nicht bloß zum Gratulieren eingeladen?"

Sein Bruder zögerte. Er atmete lange ein und presste dann heraus:

"Wir müssen reden..."

"Über Mutters Erbe?"

"Ja."

"Was ist damit?"

"Ich brauche deinen Anteil! Mir bietet sich eine Riesenchance zu expandieren. Aber dazu muss ich zuerst ein paar Arschgeigen ausbezahlen."

Mike stöhnte.

"Also hast du wieder Schulden?"

"Nein! Hier geht's um Einfluss!", widersprach ihm Phil. "Ich muss expandieren."

"Digger, das klingt alles ziemlich krass."

Sein Bruder schüttelte den Kopf.

"Ich wusste, du würdest es nicht verstehen...mal wieder nicht."

Mike war genauso genervt von Phil.

"Du verstehst es doch auch nicht! Wenn dein Deal ins Wasser fällt, verlierst du ja nicht dein Geld, sondern meins."

Phil antwortete schulterzuckend:

"Na und? Du bist doch bald Professor. Leben an der Sonne. Und ich zahle dir sowieso später das Doppelte zurück!"

Mike murmelte:

"Ich verstehe überhaupt nicht, wozu du das brauchst. Dein Laden ist doch groß genug."

Phil schüttelte den Kopf.

"Ja, ja. Immer klein denken! Du hattest noch nie viel Sinn fürs Geschäft."

Mike hörte ihm schon nicht mehr zu. Stattdessen sah er an Phil vorbei nach draußen auf die Warnleuchten eines Abschleppwagens.

"Sag' mal, ist das dein Mercedes, der da gerade abgeschleppt wird?", fragte er.

Phil bemerkte es endlich selbst und stürmte raus.

Vor der Tür klirrte ein hünenhafter Mann mit Ketten und Stahlhaken herum, während er den AMG auf die Laderampe hievte. Der Mann hatte graue Haare und war übergewichtig. Er ächzte unter dem eigenen Gewicht und seiner verschnauften Kurzatmigkeit. Seine Unterarme waren voller Tätowierungen von Ankern, Meerjungfrauen und keltischen Symbolen. In seiner schmutzigen Latzhose und dem bekleckerten Feinripp sah er aus wie ein lebendes Kunstwerk. Phil stritt mit ihm, als Mike dazu trat.

"Was soll das? Das ist mein Auto!", regte er sich auf.

Der Fahrer machte unbeirrt weiter und klinkte den Haken ein.

"Pätrick nimmt ihn als Anzahlung, soll ich dir sagen!"

Phil tobte:

"Fuck - nächste Woche war doch ausgemacht!"

"Pätrick mag halt keine offenen Rechnungen."

Mehr hatte der Mann dazu nicht zu sagen. Er arbeitete ächzend und schnaufend weiter.

Phil war rot vor Wut angelaufen und ballte die Fäuste.

"Lass jetzt den Wagen runter, oder ich..."

Das Scheppern hörte auf und es wurde bedrohlich still. Der Mann sah ihn an.

"Oder was, du Fliege?"

Phil stürmte auf ihn zu, aber der Fahrer scheuerte ihm lässig eine. Es sah aus, als würde er das öfters machen. In seiner riesigen Pranke lag so viel Kraft, dass Mikes Bruder platt auf seinen Arsch fiel.

Der Abschlepper schaltete seelenruhig die Seilwinde wieder an und zog den Wagen auf die Ladefläche. Er fuhr schon wieder die Rampe ein, während Mike seinem Bruder half, aufzustehen. Der bemühte sich halbwegs würdevoll den Schmutz abzuklopfen und betastete seine Wange. Beide sahen dem Truck hinterher, während er höhnisch hupend mit dem Auto im Schlepp abfuhr.

"Warum hast du mir nichts davon erzählt?", wunderte Mike sich.

"Was meinst du?", tat Phil unschuldig.

"Dass du in Schwierigkeiten steckst."

"Wer sagt das denn?", fragte Phil.

"Hallo - dein Auto wurde gerade von 'nem Handlanger abgeschleppt."

Er drehte sich zu ihm um und Mike erkannte überrascht, dass sein Bruder feuchte Augen hatte.

"Hör zu, willst du mir helfen, ja? Dann unterschreibe oder lass mich allein mit meinen Problemen. So wie sonst auch!"

Er trat gegen die nächste Straßenlaterne und sie flackerte und ging aus. Beide Brüder bewunderten diese Tatsache für einen Moment.

"Powertritt", applaudierte Mike.

"Du glaubst, ich bin sowieso schon gescheitert...", klagte Phil.

Mike schüttelte den Kopf.

"Das stimmt nicht! Ich will nur nicht, dass du noch mehr Schwierigkeiten bekommst."

Phil warf die Arme in die Luft.

"Dann hilf mir, die Sache wieder gerade zu biegen."

Mike zögerte.

"Lass mich nochmal darüber nachdenken, okay?"

Phil nickte. Er drehte sich um und sie gaben einander die Faust.

"Bis morgen Bruder..."

Phil trottete langsam wieder zurück in seine Bar.

ZWEI

Mike saß an der Reeperbahn und wartete auf seinen Bus. Er öffnete den Koffer und holte die Verzichtserklärung heraus, die sein Bruder ihm geschickt hatte. Er überflog den Vertrag, suchte in der Tasche nach einem Stift und unterschrieb dann, ohne lange zu zögern. Erleichtert klappte er den Koffer wieder zu.

Doch plötzlich riss ihm ein blonder Bodybuilder mit Pferdeschwanz den Koffer von den Knien und rannte damit weg. Mit einem leicht dämlichen Ausdruck im Gesicht stand Mike auf und rief verdutzt:

"Hey, das ist mein Koffer!"

Verwirrt und immer noch ungläubig, begann er zu laufen. Zuerst im Trab, dann im Galopp und schließlich in panischem Sprint. Aber der Bodybuilder hatte einen beträchtlichen Vorsprung gewonnen. Und er lief noch schneller, nachdem er sich umdrehte und Mike näherkommen sah.

"Halt! Der Typ hat meinen Koffer gestohlen!", rief Mike quer über die Reeperbahn, aber niemand reagierte. Das heißt, einige drehten sich um und machten Fotos oder sie machten sogar Platz und gingen dem Dieb aus dem Weg.

"Scheiß Touris", fluchte Mike.

Der Mann wusste einen Moment lang nicht, wohin und rannte schließlich die Treppe zum Molotov hinab. Die Kult-Disco war vor allem dafür legendär, immer vollgestopft mit Leuten zu sein. Und das war an diesem Abend nicht anders. Drinnen spielte eine Band namens ZENDobier und der Tanzmob skandierte:

"Wir wollen Dosenbier, wir wollen Dosenbier!"

Anscheinend spielten sie schon die Zugabe, denn die Musiker und die Tanzenden sahen gleichermaßen kaputt aus. Dabei waren sie höchstens die Vor-Vor-Band. Ohne Warnung legten sie plötzlich wieder los und jagten tobenden Ska durch die heiligen Hallen der Indie-Disco. Die Masse begann sich zu heben und zu senken. Die wild tanzende Menge kreiste um sie und bremste die beiden Männer, während sie sich einen Weg hindurch bahnten.

Beide wurden ein paarmal getreten oder geschubst und bekamen unfreiwillig einige Schläge ab. Die Menge tobte und der Tanzstrudel sog sie ein und trennte sie wieder voneinander. Mike verfolgte den muskulösen Mann hartnäckig und dachte immer wieder daran, dass seine Abschlussarbeit und alles was zählte, jetzt in diesem Koffer lag.

Während der Bodybuilder vor ihm inzwischen jeden aus dem Weg prügelte und Leute links und rechts beiseite schlug, kapierte Mike irgendwann, dass es einfacher war, sich durch zu tanzen. Er kam schneller voran, wenn er mitten in die Menge hinein tauchte. Als er Backstage angekommen war, sah Mike den anderen Mann am oberen Ende der Treppe.

"Halt! Stopp!", rief er, obwohl er wusste, dass das nichts brachte.

Anstelle einer Antwort zeigte ihm der Andere den Mittelfinger und verschwand durch die Tür. Draußen sah Mike ihn bloß noch um die Ecke biegen und in einem Innenhof verschwinden.

"Verdammter...Schreibtischhengst", keuchte Mike, als er schwankend weiter trabte.

Er war nicht annähernd so fit, wie er dachte. Und er hatte den Bodybuilder aus den Augen verloren. Aber in der dunklen Gasse schlug irgendwo eine Tür zu. Mike eilte dem Geräusch hinterher und öffnete eine quietschende Haustür, die in ein dunkles Treppenhaus führte.

Obwohl er kaum noch konnte, lief er wie von Sinnen die Stufen hoch. Er stand schwer atmend unter dem Dachgeschoss, doch niemand war da. Völlig außer Atem und frustriert, krachte er gegen eine Tür und sackte daran zusammen. Er lag auf dem Rücken, während sich die Tür öffnete und das Licht im Flur anging.

Mike blickte in ein freundliches Gesicht, das auf dem Kopf stand.

"Hi", sagte Eva und Mike erwiderte ihren Gruß:

"Hi..."

Schulterlange schwarze Haare, grüne Augen. Sie war sehr hübsch. Eva war erst halb geschminkt und sie war offenbar grade dabei, sich ausgehfertig zu machen.

"Ich hoffe, ich habe dich nicht erschreckt", erklärte er, während Mike sich am Türrahmen aufrichtete.

"Ich bin Eva", sagte sie und beobachtete ihn unschlüssig. "Willst du zu mir?"

Mike schüttelte den Kopf.

"Was machst du dann hier?", wollte sie wissen.

"Kann ich vielleicht...ein Glas Wasser haben?", bat Mike und war immer noch außer Atem.

Eva musterte ihn erneut und beschloss, dass er keine Gefahr darstellte.

"Na gut, komm mit in die Küche!"

Sie betrachtete amüsiert, wie er das Wasser durstig herunterstürzte. Eva wartete auf eine Erklärung.

"Ganz schön weiter Weg hier hoch, für ein Glas Wasser", meinte sie.

Die Wucht der Situation wurde Mike erst jetzt völlig klar. Er stammelte vor sich hin:

"Er hat meinen Koffer, meinen Laptop! Sogar mein Handy war da drin und ich muss morgen abgeben. Was soll ich jetzt machen?"

Eva schüttelte den Kopf, weil sie nichts verstand.

"Mal ganz langsam", sagte sie, "wer hat deinen Koffer und was genau ist da drin?"

Mike sah ihr in die Augen.

"Ein Bodybuilder hat ihn mir gestohlen, als ich auf den Bus gewartet habe. Meine Doktorarbeit ist da drin!"

"Das tut mir leid!", erklärte Eva.

"Ist ja nicht deine Schuld", murmelte Mike.

"Aber mies ist es trotzdem. Hast du kein Backup?"

"Das war auch im Koffer...nur dieses eine Mal!"

Eva schüttelte den Kopf und fragte:

"Was studierst du überhaupt?"

"Spanisch im Hauptfach. Südamerikastudien. Ich will da irgendwann mal hin, weißt du..."

Sie guckte ihn interessiert an.

"Das ist toll, wirklich! Ich wünschte, ich hätte mal studieren können! Aber mein Ex-Mann hatte für so was nichts übrig."

Mike war anderer Meinung:

"Studieren ist eigentlich ziemlich öde. Das ist als ob sie prüfen, ob du auch brav genau das machst, was von dir erwartet wird."

Eva lächelte.

"So ist das Leben doch immer. Man spielt ständig nur die Rolle, die Andere von einem erwarten."

Ein kleines Mädchen im Schlafanzug kam in die Küche und rieb sich die Augen, als sie Mike sah.

"Wer bist du denn?", fragte sie. "Bist du der Babysitter?"

"Ich bin Mike", antwortete er leise.

"Schlaf weiter, Sofie! Der Mann hat sich nur verlaufen."

"Ja, Sofie. Ich hab' mich nur verlaufen!"

Mike nickte, trank aus und stellte das Glas in die Spüle.

"Danke für das Wasser, Eva!"

Eva lächelte.

"Keine Ursache, Mike."

Er zog die Tür hinter sich zu und machte sich auf den Weg. Zurück auf die Reeperbahn, wo zur Melodie von Polizeisirenen getanzt wird.

DREI

Mike stand unschlüssig auf der Straße herum. Er hatte absolut keine Idee, was er machen sollte und blickte sich ratlos um. Auf der anderen Seite der Straße sah er zwei Männer in dunklen Anzügen, die vor einer weißen Tür mit goldenem Löwenkopf-Symbol darauf, auf Einlass warteten. Einer der beiden Männer hielt einen Koffer in der rechten Hand, der genauso aussah, wie seiner. Mike war sofort wieder hellwach und rannte, ohne nachzudenken über die Straße.

"He!", rief er. "Sie da vorne!"

Ein Taxi bremste scharf neben ihm und Olaf, der Taxifahrer, lehnte sich aus dem Fenster. Seine Glatze glänzte wie poliert, während er Mike anschnauzte.

"Spinnst du Digger! Wieso läufst mir vor die Kutsche, du Löffel?"

"Tut mir leid, ich..."

Mike beobachtete, wie sich die Tür hinter den beiden Männern und seinem Koffer schloss.

"...scheiße!"

"Aber doch nicht mitten auf die Straße!", scherzte der Fahrer.

"Wahnsinnig lustig", bemerkte Mike.

24

"Hauptsache, du gehst jetzt mal aus dem Weg, du Vollpfosten!", schimpfte Olaf weiter.

Mike überhörte die ganzen Beleidigungen. Er hatte plötzlich brennende Fragen. Er deutete auf den White Room.

"Kennst du den Laden da?"

Der Taxifahrer nickte.

"Oh ja, den kenn' ich. Glaub' mir, da willst du nicht rein. Das is' Mafia!"

Mike fiel aus allen Wolken und griff sich an den Kopf.

"Scheiße nochmal – was will die Mafia denn mit meinem Koffer?"

VIER

Mike lief vor der Tür des White Room hin und her. Ein paarmal nahm er fast genug Mut zusammen, um die Klingel zu drücken. Aber dann ließ er es doch. Er schüttelte den Kopf und schien seinen Text zu proben.

Drinnen saßen zwei Wachmänner in dunklen Anzügen vor Monitoren und beobachteten ihn. Einer der beiden griff nach einem Telefonhörer und wählte.

Er räusperte sich und sagte:

"Tut mir leid, sie zu stören, Pakhan Masko. Aber da rennt seit fünf Minuten so ein Verrückter vor der Tür herum, klingelt aber nicht. "

Er hörte zu, sagte "Da!" und legte wieder auf.

An den anderen Bodyguard gewandt meinte er:

"Bleib' du hier! Ich seh' mal, was der Spinner will!"

Er stand auf und verließ den Raum. Der Andere schob seinen Sessel näher an die Monitore.

Mike hatte sich endlich ein Herz gefasst und wollte wirklich endlich klingeln, als die Tür mit einem Ruck vor ihm aufschwang. Viktor schätzte ihn ab, doch bevor er etwas sagen konnte, erklärte ihm Mike bereits die Situation.

"Ah gut, dass sie offen haben! Die Sache ist die: Ich glaube, sie haben meinen Koffer und ich hätte ihn gerne wieder zurück!

Der Mann beobachtete ihn misstrauisch und sah nach links und rechts die Straße herunter. Anstatt ihm zu antworten, fragte er:

"Wer bist du? Wer schickt dich?"

"Ich bin Mike. Ich will nur meinen Koffer zurückhaben! Das ist der einzige Grund, warum ich reinkommen..."

"Hier gibt es keinen Koffer!", unterbrach ihn der Bodyguard stumpf.

Mike machte eine hilflose Geste und warf die Hände in die Luft.

"Aber ich habe es doch vorhin selbst gesehen! Zwei Männer in dunklen Anzügen gingen rein. Sie müssen sie doch kennen!"

Der Mann griff ihn entschlossen am Kragen und zog ihn ins Innere. Die Tür schlug zu.

"Du hast niemanden gesehen, klar? Hier gibt es keinen Koffer und es sind auch keine Männer reingekommen! Alles klar jetzt?"

Mike war die Verzweiflung anzusehen. Er keuchte:

"Aber... was wollen sie denn überhaupt mit dem Koffer? Sie wissen gar nicht, wie wichtig er mir ist!"

Anstelle einer Antwort hatte der andere Mann die Tür wieder geöffnet und weil Mike keine Anstalten machte, sich zu bewegen, beförderte er ihn mit einem schnellen Tritt zurück auf die Straße.

Er kniete auf dem Gehweg und beobachtete verdutzt, wie die Tür zurück ins Schloss fiel. Mike rappelte sich sofort wieder auf und hämmerte gegen die Tür.

"He, ihr Arschgeigen, gebt mir sofort meinen Koffer zurück!"

Die Tür öffnete sich wieder und diesmal stand der Mann mit einer Pistole in der Hand vor ihm.

"Du drehst dich jetzt um und siehst zu, dass du Land gewinnst, klar? Wir können hier keinen Aufruhr gebrauchen! Dawai!"

Hinter Mike erklang eine vertraute Stimme.

"Probleme, Viktor?", fragte Eva.

Amüsiert blickte sie zu Mike. Dann erst fiel ihr Blick auf die Pistole in der Hand des Bodyguards.

Viktor steckte die Pistole sofort weg und zwang sich zu einem Lächeln.

"Nein, alles klar, Eva. Der hat sich nur verlaufen!"

Sie war jetzt fertig geschminkt und sah richtig schick aus. Eva trug ein rotes Kleid, silberne Ohrringe und um den Hals ein elfenbeinfarbenes Seidentuch.

"Wahrscheinlich ein Tourist", vermutete sie.

Viktor machte Eva Platz und lud sie ein, herein zu kommen. Im Vorbeigehen flüsterte sie Mike zu:

"An manche Türen klopft man besser nicht!"

Sie schob sich an ihm vorbei. Für Eva unhörbar zischte Viktor Mike an:

"Verpiss dich! Und wenn du weißt, was gut für dich ist, komm' nicht wieder!"

Die Tür fiel etwas sanfter ins Schloss als vorhin und wurde von Innen verriegelt.

FÜNF

Im Pokerzimmer des White Room begegnete Pakhan Masko seinem Sohn Vladimir. Masko berichtete ihm von Mike:

"Es gab einen Zwischenfall. Jemand hat dich den Koffer mit dem Gewinn rein tragen sehen und danach gefragt."

Vladimir zündete sich eine Zigarette an und zuckte mit den Schultern.

"Na und? Wer war der Typ?", fragte er.

"Viktor meint, ein Tourist. Nur ein Irrtum."

"Was willst du, dass ich jetzt tue?", fragte Vladimir.

Masko köpfte eine Zigarre und deutete damit auf den Koffer. Er zündete sie an und paffte, bis sie hell glühte.

"Mach ihn auf!", verlangte er.

Vladimir ging um den Tisch herum und blieb vor dem Koffer stehen. Er öffnete ihn und war selbst überrascht vom Inhalt. Ein goldener Glanz spielte über sein Gesicht und es dauerte einen Moment, bis sein Verstand zurückkehrte und er den Koffer zu seinem Vater drehte.

"Wunderschön!", meinte Masko und seine Stimme nahm einen sanften Ton an. Er sah seinem Sohn in die Augen und erklärte mit Nachdruck:

"Masko, das bedeutet etwas in dieser Stadt! Wir sind nicht wie diese Albaner, die jetzt ins Geschäft drängen. Masko heißt, wir geben nicht nach. Genau, wie der Präsident!"

Er deutete auf ein Reiterbild Putins mit nacktem Oberkörper und Jagdgewehr, an der Wand neben ihnen.

Vladimir kannte die Reden seines alten Herren und seine Antwort war immer nur:

"Da, Pakhan!"

Masko tätschelte ihm liebevoll die Backe. Es klopfte an der Tür. Vladimir schloss schnell wieder den Koffer. Der Pakhan legte seine Zigarre im Aschenbecher ab und rief:

"Herein!"

Eva betrat den Raum und lächelte die beiden an.

"Guten Abend Alexander. Hallo Vladimir!"

"Ewa! Du siehst wundervoll aus! Sieht sie nicht wunderbar aus, Vladimir?"

Vladimir schien neidisch auf seinen alten Herrn zu sein und nickte bloß. Eva war eher in seinem Alter, könnte also auch seine Schwester sein. Aber er wusste, was von ihm erwartet wurde.

"Das tut sie, Pap", bestätigte Vladimir.

Pakhan Masko nahm Eva in den Arm und küsste sie auf den Mund. Er hauchte ihr zu:

"Niejno - kleiner Liebling! Gehen wir, ich habe ein Geschenk für dich!"

Masko öffnete die Tür zu seinem Büro und ließ Eva eintreten. Ein edles, holzvertäfeltes Büro lag vor ihr. Neben dem Fenster stand ein wuchtiges weißes Architekturmodell. Der Pakhan ging direkt auf den großen Schreibtisch zu und griff ein kleines blaues Etui, um das eine goldene Schleife gewickelt war.

"Für dich!", sagte er und reichte Eva die Box.

Sie machte einen ironischen Knicks, als sie das Geschenk entgegennahm. Eva zog vorsichtig die Schleife ab und öffnete die Schmuckschatulle. Darin lagen zwei goldene Ohrringe mit kostbaren rosa Diamanten. Sie war vom Anblick ehrlich hingerissen.

"Oh vielen Dank, Alexander! Sie sind wunderschön."

Masko war erfreut, dass sie ihr gefielen:

"Ich habe sie selbst ausgesucht", sagte er. "Du wirst sie heute Abend tragen!"

Eva deutete auf ihre silbernen Ohrstecker.

"Und was ist mit denen? Gefallen sie dir nicht?"

Pakhan Masko schüttelte den Kopf und erwiderte:

"Sie sind für den heutigen Abend nicht angemessen! Die Frau an meiner Seite muss selbst wie ein Juwel sein, kostbar und schön."

Eva schien über seine Antwort enttäuscht zu sein.

"Ach so ist das...", lustlos nahm sie ihre Stecker aus den Ohren und legte sie auf den Tisch. Die Magie war verschwunden, das merkte auch der Pakhan.

"Was hast du, Niejno?", wollte er wissen.

Eva rümpfte die Nase und ihre Stirn kräuselte sich.

"Du hast sie also nur gekauft, um damit anzugeben, wenn ich später vor deinen Freunden herumstolziere. Um mit MIR anzugeben."

Masko sah sie kurz finster an, dann lächelte er wieder.

"Du bist kluges Mädchen, Eva!", sagte er.

Er berührte ihren neuen Ohrring und schob eine Locke ihres Haares hinter das Ohr.

"Manchmal denke ich, etwas zu klug", fuhr er fort und erklärte:

"Diese Ohrringe sind Geschenk von mir, für dich! Sieh es doch so, dass der heutige Abend zu meinem Geschenk passt und nicht umgekehrt."

Eva spürte, dass sie eine Grenze überschritten hatte, als sie sich nicht angemessen für das Geschenk bedankte. Sie lächelte und erwiderte:

"Alexander Masko, du weißt wirklich immer das Richtige zu sagen!"

Das versöhnte ihn und Masko konnte sich mal wieder selbst loben.

"Da! Meine Stimme ist immer noch stark. Darum werde ich gehört."

Eva legte den zweiten goldenen Ohrring an und Pakhan Masko drehte sie vor einem großen Spiegel wie eine Ballerina. Er hauchte:

"Wie eine Göttin siehst du aus..."

Er zog ihr den Seidenschal vom Hals und küsste sie. Eva drehte sich zu ihm um und streichelte sein Gesicht mit langen Fingern und blutroten Nägeln.

"Du siehst auch nicht schlecht aus, Alexander!", schmeichelte sie.

Sie nahm ihm die Brille ab und sie küssten sich erneut. Der Seidenschal glitt sanft zu Boden.

SECHS

Auf der Reeperbahn, in der Davidwache, saß Mike und rutschte unruhig auf einem Plastikstuhl herum. Alles hier quietschte! Der Raum war im '80er Jahre Stil mit Linoleumböden und kaltem Neonlicht designt. Alles war nüchtern, pragmatisch und vor allem: einfach zu reinigen. Aber es zeigten sich dennoch überall Zeichen von Verschleiß. Hinter seinem winzigen Schreibtisch saß müde Kommissar Wolf. Seine Augen schienen nur aus Tränensäcken zu bestehen und Mike erinnerte der Kommissar an einen Berner Sennenhund. Wolf hörte sich gerade das Ende von Mikes Geschichte an. Er erkundigte sich:

"Sie sagen also, diese Männer hatten ihren Koffer und sind damit im... White Room verschwunden?"

"Genau! Und der, der aufgemacht hat, er hieß Viktor, hat eine Waffe auf mich gerichtet", erklärte Mike.

"Was für eine Waffe?", fragte der Kommissar.

Mike war unschlüssig. Nach kurzem Nachdenken vermutete er:

"Eine 9-Millimeter Pistole, denke ich."

"Kennen sie sich mit Schusswaffen aus?", wollte der Polizist wissen.

Mike schüttelte den Kopf.

"Eigentlich nicht... ich sehe mir Filme an."

Wolf lehnte sich zurück, dass der Stuhl nur so krachte und faltete die Hände über dem Bauch.

"Dann könnte es also auch eine Schreckschusspistole gewesen sein", führte er aus und ergänzte:

"Die können sie hier überall kaufen auch nachts. Es gibt Geschäfte, wo sie rund um die Uhr Attrappen und Sprungmesser kaufen können. Daran ist nichts Illegales."

Mike seufzte:
"Hören sie Kommissar..."

Er sah auf das vergilbte Namensschild auf dem Tisch. Es waren Risse in der laminierten Schrift.

"...Wolf. Es ist wichtig, dass ich den Koffer wiederbekomme! Wenn ich am Montag nicht abgebe, habe ich das ganze Jahr umsonst geackert. Dann kann ich wieder von vorne anfangen! Und wenn ich Glück habe, promoviere ich Ende nächsten

Jahres. Aber nur, wenn die Uni mich überhaupt wieder zulässt..."

Wolf sah das alles nicht so dramatisch und beschwichtigte:

"Ich verstehe ihr Dilemma. Aber wir haben nichts in der Hand, das eine Durchsuchung rechtfertigen würde. Es gibt keinen Beweis dafür, dass es ihr Koffer war, oder dass dieser Mann -Viktor- sie mit einer Schusswaffe bedroht hat.
Es gibt ihre Aussage und ich wette darauf, dass dort drinnen zwanzig Männer sitzen, die das Gegenteil behaupten würden."

Mike lehnte sich zurück und die Rückenlehne seines Plastikstuhls drohte zu brechen.

"Ich muss also zuerst erschossen werden, bevor sie etwas unternehmen können...", gab er gefrustet auf.

Wolf antwortete automatisch:
"Technisch gesehen wäre das dann Sache der Mordkommission. Aber ja, im Prinzip haben sie recht. So ist das Gesetz nun mal..."

Er machte eine wegwerfende Handbewegung und gab zu:

"Glauben Sie mir, wir sind da auch nicht immer glücklich drüber!"

"Und was soll ich jetzt machen?", fragte Mike ratlos.

Wolf gab ihm denselben Rat, wie jedem anderen:

"Gehen sie nach Hause, schlafen sie, und versuchen sie einen kühlen Kopf zu bewahren. Morgen sieht die Sache schon ganz anders aus!"

Mike wollte es aber nicht auf sich beruhen lassen.

"Eintausend-einhundert Seiten", murmelte er.

Kommissar Wolf sah ihn verwirrt an.
"Wie meinen?"

Mike erklärte es ihm:
"Eintausend-einhundert Seiten über Simón Bolívars Kampf für die Unabhängigkeit und ein vereintes Südamerika. Wussten sie, dass es damals beinahe zu den Vereinigten Staaten von Südamerika gekommen wäre? Sozusagen als Gegengewicht zu den USA und ihrer Monopolisierung der Märkte?"

Wolf antwortete desinteressiert, aber höflich:
"Das wusste ich tatsächlich nicht."

Mike seufzte resigniert, stand auf und streckte seine Hand aus.

"Trotzdem danke, Herr Kommissar."

Kommissar Wolf stand ebenfalls auf und gab ihm die Hand.

"Dafür nich'", sagte er.

Mike nickte niedergeschlagen und verließ das Revier. Der Kommissar griff seinerseits sofort zum Telefon, dachte kurz nach und tippte dann eine Durchwahl. Kaum hatte jemand am anderen Ende abgehoben, sprach Wolf in den Hörer:

"Smidt, ich brauche zwei Mann, Zivilkleidung und einen Wagen aus dem Car Pool. Nehmen sie einen von den beschlagnahmten! Aber nichts Auffälliges! Ich will, dass sie den White Room überwachen und mir Meldung machen, wer dort heute rein- und rausgeht. Sie sollen alles fotografieren aber nicht einschreiten. Irgendwas steigt da, heute Nacht!"

Er legte auf, lehnte sich zurück und zündete eine filterlose Camel an. Nachdenklich tippte er mit der Zigarette gegen den Aschenbecher.

"Irgendwas steigt da - nur was?", grübelte Wolf.

SIEBEN

In der Ritze, dem wohl sonderbarsten Lokal auf der Reeperbahn, lief Alex unruhig am Boxring auf und ab. Die Trainingshalle war still und leer, bis auf das Tappen seiner Füße und das Klackern und Flackern einer defekten Neonröhre. An der Wand hing eine Bahnhofsuhr und tickte extra-laut, wie um ihn zu ärgern.

"Verdammt, wo bleibt er denn?", fluchte Alex.

Er holte sein goldenes Handy raus und wählte eine Nummer. Niemand hob ab.

"Schniedel, das ist jetzt das zwanzigste Mal, dass ich dir auf die Voicebox quatsche. Wo bleibst du? Ruf mich sofort an, wenn du das hörst, okay!"

Er überlegte, was er noch sagen sollte, legte aber auf, weil sich die Türe öffnete. Schniedel kam atemlos reingerannt. In der Hand hielt er Mikes Koffer. Alex sah ihn und seine Miene hellte sich kurz auf. Dann schnauzte er los:

"Mensch Schniedel - wo bleibst du denn? Warum gehst du nicht ans Telefon?"

Der Muskelprotz stellte den Koffer ab, kramte in seinen Taschen und holte das Handy raus. Es war eine Hello Kitty-Version, ganz in Pink mit Blumen und Kätzchen darauf.

"Entschuldige Alex, ist das Zweithandy von meiner Freundin, weil meins doch geklaut ist."

Alex regte sich trotzdem weiter auf.

"Und du gibst mir nicht die Nummer, du Hirni?"

Er schlug ihm mit der flachen Hand auf den Hinterkopf. Neugierig musterte er den Koffer und wollte wissen:

"Wo hast du den Koffer überhaupt her?"

Ein wenig stolz erklärte Schniedel:

"Hab' überall die Läden abgesucht und nichts gefunden. Auf dem Weg zurück saß so'n Typ an der Bushalte. Ich hab' mir seinen Koffer geschnappt. Glück gehabt!"

Alex hob den Koffer hoch und schüttelte ihn. Der Laptop, die Festplatte und ein paar Stifte klapperten im Innern.

"Und was ist da drin?", fragte er.

"Keine Ahnung, Alex. Ist abgeschlossen.", erwiderte Schniedel.

Alex war trotzdem zufrieden.

"Na gut, ich bring ihn zum Boss. Gute Arbeit, geh' ein Schnitzel essen, okay!"

Er holte ein Bündel kleiner Scheine aus der Tasche und gab ihm zwanzig Euro. Schniedels Gesicht erhellte sich vor Freude und er machte sofort die Wende und war auf dem Weg nach draußen.

"Danke, Alex! Bis spädda!"

Die Tür schlug hinter ihm zu. Alex sah sich den Koffer genauer an. Am Griff waren die Initialen 'MG' eingraviert.

Während Alex drinnen am Koffer fummelte, fuhr Phil im Auto seiner Kellnerin auf den Parkplatz vor der Ritze und bremste brutal ab. Er stieg eilig aus und stieß mit Schniedel zusammen, der gerade sein Schnitzel essen gehen wollte.

"'Tschuldigung!", sagte Phil.

Der Bodybuilder sah ihn entgeistert an und hielt ihn für Mike mit Bart. Er drehte Phil nicht den Rücken zu, sondern stolperte rückwärts vom Hof, bis er – halb im Laufschritt - das Weite suchte. Phil schüttelte den Kopf.

"Was geht 'n bei dir?", wunderte er sich und trat ein.

Alex fummelte immer noch an den Schlössern herum, bekam den Koffer aber nicht auf. Phil trat näher und begrüßte ihn.

"Moin Alex…"

Dann erkannte er Mikes Koffer und fragte:

"Das gibt's doch nicht! Woher hast du denn den Koffer?"

Alex sah ihn misstrauisch an und log:

"Äh, hab' ich...gefunden? Was willst du hier?"

Ohne darauf zu antworten, drehte Phil den Koffer in seine Richtung und gab einen Code ein. Die Schlösser sprangen auf. Alex sah ihn verblüfft an und fragte:

"Woher kennst du die Kombi?"

Phil grinste:

"Na, weil das der Koffer von meinem Bruder ist! Wir sind Zwillinge und seine Kombination ist unser Geburtstag."

Dann wandte er sich an Alex, um über den eigentlichen Grund für sein Kommen zu reden.

"Hör' zu. Heute Nacht ist mein Wagen abgeschleppt worden. Ich hab' Pätrick gesagt, ich krieg' das Geld zusammen. Aber erst nächste Woche! Der Deal ist noch nicht durch und ich habe einen Vertrag! Ihr könnt nicht einfach kommen und meine Karre einsacken."

Alex hatte kaum zugehört und winkte ab:

"Vertrag, Vertrag. Ich hör' immer nur Papier rascheln. Komm' wieder, wenn du Geld dabeihast!"

"Ich hab' aber ein Problem mit eurem Abschlepper...", erklärte Phil verlegen.

Das war Alex aber egal.

"Zahl erstmal, dann reden wir über deine Probleme."

Phil war frustriert von so viel Sturheit.

"Dann lass mich wenigstens den Koffer mitnehmen!", schlug er vor.

Alex schüttelte den Kopf:

"Den Koffer brauche ich selbst!"

Phil wunderte sich.

"Wozu das denn?"

"Keine Ahnung", erwiderte Alex ehrlich.

Phil schwieg, schätzte Alex ab und zückte dann seine Brieftasche.

ACHT

Büroraum Ritze, erster Stock. Überall hingen Plakate, lagen Papiere, war Unordnung. Ein Ventilator knatterte krumm an der Decke. Pätrick, ein großer, muskulöser Mann mit eisblauen Augen saß an seinem Schreibtisch. Der Summer der Gegensprechanlage leuchtete und er drückte den Sprechknopf.

"Was ist?", fragte er.

Silke, seine Sekretärin, antwortete:
"Alex ist hier, Chef."

"Soll reinkommen!", brummte er.

Die Bürotür mit dem Milchglasfenster öffnete sich und Alex steckte zuerst nur den Kopf rein.

"Was ist?", wunderte sich Pätrick. "Komm' rein!"

Alex ging rein und schloss die Tür behutsam.
"Hallo Boss, schöner Tag heute."

Pätrick wollte bloß eins wissen:
"Wo ist mein Koffer?"

Alex sah zu Boden. Er vermied es, den Blick mit Pätrick zu kreuzen.

"Also...Schniedel hat ihn gerade gebracht!"

Pätrick stand auf und deutete auf einen Stuhl.
"Setz' dich! Willst du was trinken?"

Alex nickte.
"Was Kaltes - 'ne Coke."

Pätrick beugte sich zu seiner antiquierten Sprech-
anlage herunter und drückte den Sprechknopf.

"Zuckerschnecke, bring eine Coke für Alex und mir
einen Kaffee. Schwarz und heiß, klar?"

Vom anderen Ende hörte man Silkes Stimme:
"Sofort, Chef!"

Pätrick ging um den Stuhl herum und legte seine
Hände auf Alex' Schultern und drückte kräftig zu.

Alex versuchte zu erklären:
"Patrick, ich wollte es ja selbst erledigen..."

Pätrick versetzte ihm einen Nackenschlag.

"Pätrick, verdammt, es heißt Pä-trick", meckerte
er. "Nicht Patrick. So haben mich meine Eltern ge-
nannt! Und wir wollen doch nicht das Andenken
meiner lieben Eltern besudeln, oder?"

Alex schüttelte den Kopf.
"Nein...Pätrick. Tut mir leid!"

"Was tut dir leid, dass du das Andenken meiner Eltern besudelst, oder dass du Schniedel mit dem Auftrag losgeschickt hast?", fragte Pätrick.

Alex wirkte verwirrt, als wäre es eine komplizierte Rechenaufgabe. Er stammelte:
"Ich weiß...nicht – beides?"

Die Sekretärin Silke kam mit den Getränken.
Sofort schaltete Pätrick auf freundlich um und klopfte Alex auf die Schulter.

"Hier sind die Getränke, Chef", erklärte sie überflüssigerweise.

Silke stellte ein Tablett mit der Tasse Kaffee, einem Glas voll Eiswürfel und einer kleinen Flasche Coke auf einen kleinen Beistelltisch. Darunter lagen ein Haufen alter Zeitschriften zu einem schiefen Turm gestapelt. Sie sah Pätrick fragend an und wartete.

"Das ist alles. Du kannst gehen."

Silke warf noch einen bedauernden Blick auf Alex und stapfte los.

Pätrick zog eines der Hefte aus dem Stapel hervor. Big Fucking Tits stand in riesigen verspielten Buchstaben auf dem Cover. Pätrick zeigte darauf und schwärmte:

"So etwas wird heute überhaupt nicht mehr produziert, weißt du. Das sind richtige Antiquitäten! Damals hatten die Hefte noch Stil, siehst du..."

Er schlug eine Seite auf, überall waren Schriftblöcke neben den Bildern.

"...die haben richtige Geschichten erzählt! Das hier hatte Klasse, das ist eine Kunstform, die irgendwann ausgestorben ist. Wegen dem scheiß Internet! Kostet uns ein Vermögen, das scheiß Internet!"

"Ja, Boss.", stimmte Alex zu.

Pätrick goss langsam und bedächtig die Cola ein und leerte die ganze Flasche. Das Eis im Glas ragte über den Rand. Es war brechend voll, die Flasche war leer. Er deutete auf das Glas.

"Trink was! Es ist höllisch heiß heute, oder?"
Er wischte sich den Schweiß aus dem Nacken.

"Ja... Boss."

Vorsichtig nahm Alex das Glas und achtete darauf, nichts zu verschütten. Seine Hand zitterte und es schwappte doch etwas daneben. Besorgt beobachtete er Pätrick, doch der schien die Ruhe selbst zu sein.

Sein Kaffee dampfte unberührt auf dem Tablett. Pätrick setzte sich auf den Rand seines Schreibtischs. Ein wuchtiger Tisch im alten Kolonialstil, sehr schön geschnitzt und mit einer Tischplatte aus Marmor. Ein kostbares Relikt aus einer anderen Zeit und seltsam deplatziert hier. Entspannt tätschelte Pätrick sein Knie. Er räusperte sich.

"Also, erzähl' mal", verlangte er. "Was war mit dem Koffer?"

Alex stellte das Glas weg und beschrieb es ihm: "Du sagtest zu mir, wir brauchen diesen Koffer! Und du hast mir das Foto gegeben. Ich bin dann zu Schniedel gegangen und hab ihn sofort losgeschickt, um den Koffer zu besorgen. Ehrlich, ich..."

Pätrick nahm seine Tasse und nippte daran. Alex beobachtete ihn und trank seine Cola. Pätrick stellte die Tasse wieder zurück auf den Tisch.

"Zu heiß", meinte er, "bitte, sprich' weiter!"

Alex fuhr fort:

"Schniedel, der Idiot, hat den Koffer gekauft. Das war gestern. Und dann ist er heute auf dem Weg hierher was essen gegangen und hat vergessen, auf das Ding zu achten und irgendein Penner hat ihn geklaut. So war das."

Pätrick nickte langsam, dann griff er nach der Tasse und schüttete Alex blitzschnell den heißen Kaffee ins Gesicht. Überrascht ließ der die Coke fallen. Und noch während er vor Schmerz brüllte, nahm Pätrick die leere Flasche und schlug damit immer wieder auf Alex riesigen Schädel ein.

Er schlug noch einmal zu, diesmal auf die Kante der Tischplatte. Die Flasche zersplitterte und er hielt das scharfe Ende vor Alex' Nase.

"Wenn ich sage: ,Hol mir diesen Koffer', was tust DU dann?", schnaubte Pätrick.

Bevor Alex antworten konnte, brüllte Pätrick: "Dann gehst du zu Schniedel, machst auf Oberlude und sagst ihm, er soll meinen Koffer auftreiben! War das der Auftrag? Habe ich zu dir gesagt: geh zu Schniedel und sag' ihm, er soll den Koffer holen?"

Alex schielte nervös auf die Flasche vor seinem Gesicht.

"N...Nein, Pätrick.", stotterte er.

Pätrick entspannte sich und warf die Flasche in den überquellenden Mülleimer. Er fiel in seinen Sessel zurück und zündete sich einen Zigarillo an.

"Dieser Koffer ist wichtig, kapiert? Aber es reicht, wenn wir zwei davon wissen und sonst niemand, klar?"

Alex nickte vorsichtig und rieb sich das Gesicht. "Sonnenklar, Boss!"

Pätrick seufzte.

"Aber jetzt weiß es Schniedel, und wahrscheinlich wird er jedem Arsch davon erzählen. Weißt du, warum Schniedel nur Schuhe mit Klettverschluss trägt, Alex?", fragte er und erklärte es gleich selbst:

"Er trägt nur Schuhe mit Klettverschluss, weil der Idiot zu blöd ist, um einen Knoten zu binden. Und so jemanden schickst du mit einem wichtigen Job los!"

"Es tut mir leid, Boss. Ich verstehe jetzt, wie wichtig die ganze Sache ist!", versicherte Alex.

Pätrick antwortete gespielt überrascht:
"Ach tatsächlich. Tust du das?"

Er paffte nachdenklich einen Zug vom Zigarillo und stieß einen Ring aus Rauch aus. Beide Männer verfolgten, wie der Ring zur Decke stieg und sich langsam auflöste. Dann stand Pätrick wieder auf und baute sich vor Alex auf. Er fragte:

"Wo ist denn jetzt mein Koffer, Alex?"

"Er ist unten, auf der Bar.", sagte Alex vorsichtig.

Pätricks Laune besserte sich augenblicklich.
"Na also, sag' das doch gleich! Worauf wartest du noch? Geh' ihn holen!"

Alex stand auf und antwortete:
"Alles klar, Boss. Kannst dich auf mich verlassen!"

Pätrick meinte gönnerhaft:
"Das weiß ich doch! Du bist mein bester Mann. Darum gebe ich dir auch die besten Jobs, Alex!"

Alex stand blutig und bekleckert vor ihm.
"Danke Boss, vielen Dank!"

Pätrick winkte ab und griff zur Gegensprechanlage.

"Silke?", fragte er.

Sie war sofort dran.
"Ja, Chef?"

"Reinkommen, aufräumen!"

Silke antwortete ebenso knapp:
"Sofort, Chef."

Er wandte sich einigen Papieren auf dem Tisch zu und beachtete Alex nicht länger. Pätrick war ganz in seine Unterlagen vertieft, als Silke in den Raum kam. Alex nutzte die Gelegenheit, das Büro zu verlassen. Einen Moment streiften sich Silkes und sein Blick, doch niemand sagte etwas.

Pätrick stand ebenfalls auf und ging raus, während sie aufräumte. Im Flur hielt er ein Blatt Papier gegen das Licht und ein Wasserzeichen, das sich "Masko" las wurde sichtbar. Darauf stand gedruckt:

"High Stakes Poker - 23 August, nur mit besonderer Einladung"

Oben, am Rand, klemmte eine Karte. Pätrick zog die gold-gestanzte Karte ab. Es war die Einladung für das Spiel.

Währenddessen hastete Alex mit dem Koffer in der Hand die Treppe hoch. Stolz präsentierte er ihn.

Pätrick inspizierte den Koffer kurz und rappelte damit herum.

"Was ist da drin?", wollte er wissen.

Nichts, der ist leer", antwortete Alex und ließ beide Schlösser aufschnappen.

"Gute Arbeit!", lobte Pätrick ihn.

Er legte behutsam seine Einladung hinein und stellte den Koffer wieder ab. Dann griff er in seine Hosentasche und produzierte ein Bündel Geldscheine. Pätrick zog das Gummiband ab und schälte zweihundert Euro ab. Er reichte sie Alex.

"Ist in Ordnung. Kannst jetzt gehen!"

Alex nahm das Geld und grinste. Die kleinen Schnitte in seinem Gesicht fingen wieder an zu bluten. Pätrick meinte:

"Aber mach dich erst mal sauber, Mann. Siehst ja furchtbar aus!"

Silke kam mit einem Eimer voller Putzzeug aus dem Büro und sagte:

"So! Alles paletti, Chef!"

Pätrick verschwand wortkarg wieder in seinem Büro und setzte sich an den Tisch. Unter dem Schreibtisch holte er einen braunen Lederkoffer hervor, der etwas größer als der andere Koffer war.

Am Griff des Lederkoffers war ein kaum sichtbarer Mechanismus eingebaut. Man hörte ein Schloss leise auf- und zuschnappen. Pätrick öffnete den ersten Koffer, nahm die Einladung und den Brief wieder heraus und steckte sie in die Seitenfächer des größeren Lederkoffers. Dann klappte er Mikes Koffer wieder zu und schätzte sein Gewicht. Danach hob Pätrick den braunen Lederkoffer am Griff hoch und stülpte ihn über den Alukoffer. Der Mechanismus schnappte leise klackend zu. Er hob den braunen Trickkoffer hoch. Der kleinere Koffer war komplett darin verschwunden. Zufrieden begutachtete er das Ergebnis.

"Na also - geht doch!", meinte er.

Pätrick ließ den Mechanismus aufschnappen und zog den Alukoffer wieder heraus. Der Koffer glitt problemlos zurück auf den Tisch.

NEUN

Mike ging langsam die Hafenmauer an den Landungsbrücken entlang. Er kickte einen Kronkorken weg und vergrub die Hände in den Taschen seiner kurzen Hose. Überall gingen geschäftige Menschen ihrer Tätigkeit nach oder waren schlicht auf dem Weg, Party zu machen.

Er hatte kein Ziel. Mike lehnte sich auf die Hafenmauer und sah in die Ferne. Drüben war das Zelt vom "König der Löwen". Ein Touristendampfer im Dampfboot-Look zuckelte vorbei. Es war entspannend. Doch plötzlich spürte er etwas Spitzes in seinem Rücken - ein Messer. Mike wollte sich umdrehen, als eine Stimme in schlechtem Deutsch flüsterte:

"Kein Geschrei, sonst stech' ich. Kommen! Scheff will mit dir sprechen."

Er drehte Mike geschickt um, so dass sie, trotz Messer in der Seite nebeneinander gingen.

"So ist gut!", lobte der Fremde ihn. "Da vorn ist der Auto!"

Am Straßenrand wartete ein aufgebrezelter Mercedes 230 D, mit riesigen Spoilern und gesteppten Decken hinter den halb-getönten Scheiben auf sie. Es sah so aus, als hätte jemand Teppiche vor die Seitenfenster geklebt. Als sie am

Auto waren, schwang die Tür von Innen auf. Zigarettenqualm quoll in einer dichten Wolke heraus. Aus den Lautsprechern tönte wummernde Eurodance-Musik. Der Mann stieß Mike auf den Rücksitz und knallte die Tür zu. Das Springmesser schnappte ein und verschwand in seiner Hosentasche. Kaum waren sie beide drin, fuhr der Benz mit quietschenden Reifen los.

Sie hielten an irgendeinem Tee Shop in Altona. Obwohl sie ihm im Auto die Augen verbunden hatten, sah Mike alles durch den dünnen Stoff. Er wurde durch lange Gänge geführt, vorbei an Kisten und Blechbüchsen mit unterschiedlichen Teesorten. An der Decke hingen getrocknete Kräuter und Duftbeutel. Vor ihm her liefen die beiden Männer aus dem Auto. Der mit dem Messer stieß ihn immer wieder an, damit er weiterging.

"Was ist hier überhaupt los?", wollte Mike wissen.

Doch keiner sagte etwas. Sie gingen stur weiter, schoben Stoffvorhänge zur Seite oder traten durch klirrende Vorhänge aus kleinen Kupfermünzen in den nächsten Raum ein. Man hörte sehr leise orientalisch klingende Musik. Traditionelle Instrumente spielten, und sie gingen auf den Ursprung davon zu. Vor einer großen Brandschutztür stand ein fast viereckig wirkender, kompakter und sehr muskulöser Mann im

Unterhemd. Schwer zu sagen, was stärker behaart war, seine Brust oder die Schultern. Er trug eine verspiegelte Pilotenbrille, obwohl nur eine einzige schwache Glühbirne an einem baumelnden Kabel den Gang erhellte.

Mike wurde in den Raum gestoßen. Sie nahmen ihm die Augenbinde ab. Drinnen gab es Gelächter und Unterhaltung. Alle tranken Tee und rauchten Shisha. Die Luft war dick vom Rauch, aber er sah nirgendwo ein Fenster. Ein paar alte Ventilatoren liefen knatternd und scheinbar wirkungslos. An den Wänden hingen Teppiche mit komplizierten Mustern. In einer Ecke spielte tatsächlich eine Drei-Mann-Band. Auf dem Boden lagen Sitzkissen auf Decken und einige niedrige, lederbezogene Hocker standen herum. Fast jeder Platz war besetzt. Auf einem Diwan am Ende des Raumes thronte allein ein wichtig wirkender, aber kleiner, alter Mann, mit einer goldbestickten Mütze und einem goldenen Wimpel daran. Er sah würdevoll aus und zog an einer besonders großen und prächtigen Shisha. Gerade atmete er einen Stoß Rauch aus, als die beiden Männer Mike auf einen runden Lederhocker gegenüber schubsten und sich hinter ihm aufstellten. Der Chef musterte ihn einen Moment lang, zog wieder an der Shisha und sagte nichts.

Mike rutschte unbehaglich auf dem krummen, ledernen Hocker herum.

"Wer sind sie?", fragte er. "Warum haben sie mich hierher gebracht?"

Der Andere lächelte dünn und sagte mit starkem Akzent:

"Richtige Frage is: wer bist du?"

"Ich bin Mike.", antwortete er schlicht.

"Nur Maik?", fragte der Chef und nickte in seine Richtung und sagte etwas auf Albanisch. Die beiden Männer hinter ihm zogen ihn hoch und durchsuchten seine Taschen. Mike protestierte und wurde ignoriert.

"Hey, das geht nicht. Das sind meine Papiere!"

Sie fanden seine Brieftasche und reichten sie ihrem Chef. Der suchte kurz und fand den Ausweis.

"Mike Grega", las er vor.

"Auch Ausländer?", fragte er.

Mike nickte.

"Aus Tschechien. Meine Eltern sind vor meiner Geburt hergekommen."

Der Chef faltete die Brieftasche und reichte sie ihm über den kleinen metallenen Tisch zurück. Mike nahm sie schweigend, aber dankbar entgegen und steckte sie ein. Der andere Mann machte ihm ein Mundstück fertig und reichte es über den Tisch.

Mike wusste nichts damit anzufangen.

"Ich rauche nicht, danke!", lehnte er ab.

Der Chef hielt ihm geduldig das Mundstück und den Schlauch hin. Hinter Mike trat ihm der Mann vom Hafen in den Rücken.

"Beleidig nicht Scheff!", forderte er.

Also nahm er das Mundstück und begann daran zu saugen. Sehr vorsichtig, am Anfang. Aber er wusste, dass ihn alle beobachteten und nahm einen tieferen Zug. Mike musste sofort husten.

"Was zum Teufel ist das für Tabak?", keuchte er.

Der Chef lachte. "Das Ash-ish. Du weißt?"

Während er um Atem rang, lachten die Albaner ihn offen aus und scherzten miteinander. Nur der Chef schien irgendwie voll auf ihn konzentriert.

"Was wolltest du von Russe?", fragte er.

Mike verstand nichts. Die Stimme schien von sehr weit her zu kommen und er hatte Probleme, sich zu erinnern, warum er hier war.

"Bitte was?", fragte er.

Der Chef erklärte:

"Weit Rumm, was wolltest du da?"

Mike verstand endlich.

"White Rum? Ach so das! Ich wollte meinen Koffer holen. Jemand hat ihn mir gestohlen."

"Ist was drin in Koffer?", fragte der Chef.

"Ja - meine Dissertation! Ich mache grade mein Examen. Danach bin ich Doktor und vielleicht werde ich später irgendwann Prof."

Ein wenig Respekt flackerte in den Augen des anderen Mannes auf. Er nahm einen Zug aus der Shisha.

"So, so - Doktor. Also bist du kluger Mann?"

Er deutete Mike an, ebenfalls zu rauchen. Der begann schon zu grinsen wie ein Idiot. Seine Augen wurden glasig und sein Mund stand offen. Er nahm einen weiteren Zug. Und noch einen.

Mike lächelte, umweht von schwerem Rauch.

"Klug? Ja, vielleicht. Leider nicht klug genug, sonst hätte ich immer noch meinen Koffer!"

Das reichte dem Chef nicht.

"Kluger Mann weiß, wann erzählt besser die Wahrheit, sonst..."

Er gestikulierte einen Schnitt durch die Kehle.

Mike kicherte vor sich hin. Sein Blick wurde leer, aber er war jetzt völlig entspannt. Er lachte:

"Ja, sonst ist man schnell kaputt, oder?"

Die Albaner sahen einander fragend an. Ungläubig fragte einer:

"Du hast keine Angst vor Messer?"

Mike hatte Mühe sein Kichern zu unterdrücken. Er hörte überhaupt nicht mehr zu.

"Wissen sie, ich rauche normalerweise nicht", laberte er, "schon gar nicht Haschisch... Wie war nochmal die Frage?"

"Was wollte Russe von dir?"

Mit schwerer Zunge plapperte Mike:

"Ach der! Keine Ahnung. Ich weiß überhaupt nicht mehr, was irgendwer von mir will. Ich meine, was will die verfluchte Mafia mit meiner Dissertation?"

Plötzlich lachte er gellend los und der ganze Raum sah ihm verwundert zu. Er rief:

"Vielleicht wollen sie das Bruttosozialprodukt von Bolivien im Jahr 1815 nachschlagen."

Mike glaubte, er hätte den Bombenwitz gefunden und fiel vor Lachen fast vom Hocker. Die Albaner sahen einander rätselnd an. Der Chef musterte ihn und entschied dann:

"Der is verrückt. Bringt weg!"

Er machte eine wedelnde Handbewegung mit einer Hand.

Mike stand wackelig auf und verabschiedete sich:

"Ah, vielen Dank. Es hat mich sehr gefreut, Sie kennenzulernen. Und Danke auch für das Haschisch. War sehr gut!"

Der Chef sah ihn kopfschüttelnd an. Dann zog ihm einer der anderen Albaner von hinten einen über den Schädel und Mike wurde ohnmächtig.

Weißes Rauschen war alles, was er sah; wie eine gestörte Übertragung. Dann hörte er eine Stimme:

"Mike, wach auf!"

"Wer spricht da?", wollte Mike wissen.

Der Koffer antwortete:

"Ich bin's, dein Koffer!"

Mike öffnete die Augen, das Rauschen verschwand aber die Helligkeit blieb. Er lag in einem weißen Raum - einer Gummizelle. Der Koffer stand an der Wand gegenüber. Mike trug ebenfalls weiß, lag auf dem gepolsterten weißen Boden und richtete sich langsam auf.

"Was willst du?", fragte er mürrisch.

"Ich will, dass du mich holen kommst. Ich warte auf dich!", lockte der Koffer.

Mike schüttelte den Kopf.

"Ich kann dich nicht holen. Die Mafia lässt mich nicht."

"Doch!", protestierte der Koffer. "Komm' her und hol' mich!"

Er stand auf und sah den Koffer schief an.

"Das ist ein Trick, oder? Wenn ich nach dir greife, wirst du wieder verschwinden…"

Der Koffer säuselte:

"Ich verschwinde nicht, Mike. Komm' und hol' mich!"

Mike fasste sich ein Herz, ging auf den Koffer zu und rannte mit dem Kopf zuerst gegen eine Glaswand.

"Au!", rief er und rieb sich die Stirn.

Der Koffer kicherte asthmatisch und sagte:

"Hah, du Idiot!"

Dann wachte Mike auf dem Friedhof der Sankt Johannis-Kirche in Altona auf. Er schnellte in die Höhe und sah sich erschrocken um. Er lag auf einer Parkbank mitten auf dem Friedhof. Um ihn herum brannten Grablichter. Die gedämpften Geräusche der Straße drangen an sein Ohr. Er war allein. Alles verschwamm für einen Moment. Lichter, Geräusche wurden ein einziges Kaleidoskop aus Farben und Formen. Das Bild pulsierte im Takt seines Herzschlags. Und er bekam Kopfschmerzen. Mike griff sich an den Hinterkopf und fühlte dort eine Beule.

"Verdammt!", fluchte er.

Er setzte sich auf, blickte sich um und stellte fest, wo er war. Er erkannte den hell erleuchteten Kirchturm.

"Altona...", murmelte Mike, stand langsam auf und machte ein paar unsichere Schritte vorwärts. Während er ging, betastete er sich und checkte, ob sonst noch alles dran war.

ZEHN

Mike trottete immer noch benommen von dem Schlag auf den Kopf über die Straße. Plötzlich grollte sein Magen lautstark. Es hörte gar nicht mehr auf zu rumpeln und wurde immer heftiger. Er ging auf den Kiosk unter der S-Bahn Brücke Schanzenstern zu.

Im Kiosk suchte sich Mike Bifi, Snickers und andere Snacks aus. Dann holte er sich noch ein Red Bull und bezahlte. Sein Blick fiel auf einen dampfenden Behälter mit rotierenden Brühwürsten. Normalerweise würde er nie so etwas kaufen, aber im Moment erschien ihm alles Essbare verlockend. Er zeigte darauf.

"Und noch eine davon, bitte."

Der Verkäufer nickte und fragte:

"Mit Goldpaste?"

"Mit was?", wunderte sich Mike.

Der Verkäufer wechselte ins Hochdeutsche.

"Willst du Senf dazu?", fragte er.

"Voll gerne!", antwortete Mike.

Der Mann nickte, legte mit der Zange eine Wurst auf eine Pappschale und tat eine Tüte Senf dazu.

Kaum war Mike draußen, biss er in die Wurst, riss den Senf mit den Zähnen auf und drückte ihn auf die Pappe. Er schlang die Wurst halbverhungert herunter und achtete nicht auf seine Umgebung. Noch nie zuvor hatte ihm etwas so gut geschmeckt. Er lief mitten auf die Straße und ein Auto bremste scharf. Diesmal berührte der Stoßfänger seine nackten Schienbeine. Mike futterte trotzdem unbekümmert weiter seine Wurst. Olaf lehnte sich aus dem Fenster und rief:

"Ich fass es ja nich! Du lebst wohl gerne gefährlich, oda was?"

Mike aß auf und warf die Pappe weg. Er freute sich einfach über das Taxi.

"Ey super, Taxi!"

Er ging zur Fahrerseite und fragte:

"Kannst du mich zurück nach Pauli fahren? In die Nähe von dem Laden, wo wir uns das erste Mal getroffen haben?"

Olaf korrigierte ihn:

"Du meinst, dahin, wo ich dich vorhin fast überfahren hätte? Okay, spring rein!"

Mike stieg ein und Olaf erklärte:

"Irgendwie ist mir lieber, du bist in meiner Kutsche als auf der Straße, Digger."

Er stellte das Taxameter auf null. Mike kramte in seinen Taschen und zog die Riegel raus. Er öffnete den Snickers und biss rein. Seine Augen weiteten sich, während er kaute. Erstaunt biss er nochmal ab und kaute schneller. Olaf beobachtete ihn im Rückspiegel. Er reihte sich in den Verkehr ein, bog an der nächsten Kreuzung ab. Der Fahrer klärte ihn auf:

"Im Wagen ist essen verboten!"

Mike machte die Dose Red Bull auf und trank sie in einem Zug leer.

Währenddessen maulte Olaf weiter:

"...und trinken sowieso!"

Kauend erklärte Mike:

"Aber das schmeckt plötzlich so verdammt gut!"

Olaf schüttelte den Kopf.

"Mann, du bist echt ein Spinner.", sagte er.

Dann fragte er:

"Hast du überhaupt Geld?"

Mike holte kauend die Brieftasche raus und reichte sie Olaf nach vorne. Der nahm sie nicht an.

"Digger, was soll ich damit?"

Er blickte nochmal in den Rückspiegel und erkundigte sich:

"Sag' mal - bist du breit?"

Mike kicherte und biss in die Bifi.

"Wahrscheinlich schon. Und ich hab' einen Schlag auf den Kopf bekommen! Und mein Koffer ist immer noch weg!"

Er kaute aus vollem Herzen und hochkonzentriert. Olaf war neugierig:

"Was willst du denn jetzt wieder bei dem Mafiaschuppen?"

Mike kaute zwischendurch und Krümel spritzen aus seinem Mund, während er antwortete:

"Ich hole mir jetzt meinen Scheißkoffer zurück!"

Er klang wütender, als ihm das bewusst war.

"Ich bin heute beraubt, zweimal fast überfahren worden, mit einer Pistole und einem Messer bedroht, entführt und zum Haschisch-rauchen gezwungen worden..."

Mike dachte kurz nach.

"...und dann hab' ich einen Schlag auf den Kopf bekommen und bin ohnmächtig geworden und hab' von dem Koffer geträumt. Und sogar der Scheißkoffer macht sich schon über mich lustig!"

Er schnaubte:

"Damit ist jetzt Schluss, was soll denn noch großartig Schlimmeres passieren?"

Olaf erwiderte sachlich:

"Na, du könntest zum Beispiel dein Leben verlieren!"

Mike beendete seinen Snack und suchte in den Taschen nach mehr Kalorien. Als er nichts fand, lehnte er sich seufzend zurück und sagte:

"Glaub mir: mein Leben ist scheiße und ohne den Koffer, ist es sowieso nichts wert."

ELF

Er stieg aus dem Taxi und winkte ihm nach, als Olaf weiter fuhr. Mike ging am Rand des Hans-Albers-Platz entlang und wurde sofort von einer Hure angesprochen. Sie war in grelle Neonfarben gekleidet, pinker Minirock, neongelbes Top. Sie fragte ungeniert:

"Na Kleiner, hast du einen stehen?"

Mike war zu überrascht, um darauf zu antworten.

"Was? Nein, nein danke!"

Sie ging trotzdem ein Stück neben ihm mit.

"Kommst du mal mit hoch?"

Er wusste nicht, was er noch sagen sollte.

"Ich kann nicht, ich muss noch... studieren!", antwortete er schüchtern.

Die Hure belehrte ihn:

"Voller Sack studiert nicht gern!"

Mike musste lachen. Er grinste und meinte:

"Da is' was dran!"

Er ging weiter und sie wendete sich dem nächsten potenziellen Freier zu. Mike war schon fast an einem riesigen Schaufenster vorbeigegangen, als er bemerkte, was das für ein Laden war. Er ging ein paar Schritte zurück und studierte das Schaufenster des Replika-Stores. Mitten drin prangte eine WALTHER PPK, matte Legierung, schwarze Gummierung, für 149 Euro. Rundherum lagen Messer und andere Waffen. Aber die Walther-Pistole war der Star im Zentrum. Er ging in das Geschäft.

Mike zwängte sich durch den engen Laden, überall hingen Messer in allen Größen und Formen herum. Wurfsterne, Baseballkeulen, Pistolen und Airsoft-Gewehre wurden ausgestellt. Hinter einer niedrigen Vitrine aus Glas saß Giray, der Verkäufer, ein Türke mit Dreitagebart, welcher nahtlos in die Brustbehaarung im Hemdausschnitt überging.

"Was kann ich für dich tun, Akadish?", fragte er.

"Ich würd' mir gerne die Pistole aus dem Schaufenster ansehen… die Walther.", antwortete Mike.

Giray lächelte und schwärmte:

"Willst du einmal James Bond sein, sei ehrlich!"

Mike fragte erstaunt:

"Ist das die Knarre von Bond?"

Der Verkäufer nickte stolz:

"Vintage, Digger! 100% Replik, voll funktionsfähig. Kaliber 45 ACP."

Er holte die Pistole irgendwo unter dem Tresen hervor und legte sie auf die Glasplatte. Mike hob sie voller Bewunderung auf.

"Mann, ist die schwer! Kann man damit schießen?", wollte er wissen.

Giray lächelte unentwegt.

"Platzpatrone oder Gas.", nickte er.

"Was denn für Gas?", erkundigte Mike sich.

 "Tränengas, aber starkes!", erklärte der Verkäufer.

Mike war überzeugt.

"Gut, ich nehm' sie!"

Der Mann tat, als hätte er nichts anderes erwartet und schloss den Deal ab.

"Bekommst du Munition dazu, ein Magazin! Kannst du wählen, Tränengas oder Platzpatrone."

Er sah Mike fragend an. Er entschied:

"Tränengas!"

Der Verkäufer warnte ihn:

"Pass' aber auf! Weniger als eine Meter Abstand und man kann blind werden! Brauchst du Holster?"

"Was ist das?", fragte Mike verwirrt.

"Zum Reinstecken, unter Jacke."

Mike deutete auf seine kurze Hose und sein Hemd und sagte:

"Ich nehme sie so."

Die Kasse klingelte, als er bezahlte.

Er kam mit einer braunen Papiertüte aus dem Laden. Gut gelaunt schlenderte Mike die Reeperbahn herunter, zurück in Richtung White Room. Auf der Straße dorthin, ging Pätrick mit einem braunen Aktenkoffer in der Hand vor ihm. Er trug einen zu engen Smoking, der ihm schlecht stand und der altmodisch geschnitten war. Als Mike ihn am White Room klingeln sah, begann er, zu laufen.

"He, sie da!", rief er.

Pätrick hörte ihn nicht. Die Tür ging auf, er gab seine Einladung ab und ging rein. Viktor kontrollierte immer noch den Eingang. Also ging Mike zögernd weiter und sah sich nach einem anderen Weg ins Haus um. Neben dem Haus fand er eine Gittertür, die nach hinten durch in den

Garten führte. Mike stieß sie auf und die Dunkelheit verschluckte ihn.

Im Hinterhof sah er sich prüfend um. Ein verwahrloster Garten lag vor ihm. Vorne die blitzend weiße und goldene Fassade und hinten ein einziger Matsch aus verrotteten Blättern und voll bemoosten Gartenmöbeln. Es war dunkel. Mike tastete sich vorwärts auf ein paar beleuchtete Fenster zu. Er stellte sich auf einen Plastikstuhl und sah in das erste Fenster. Dahinter lag die Küche. Drinnen bumste der Koch grade die Kellnerin und Töpfe und Utensilien schepperten. Sie waren ziemlich beschäftigt. Aber sonst war niemand zu sehen.

Mike stieg wieder vom Stuhl und sah sich weiter um. Er entdeckte eine Feuerleiter zu seiner Linken. Das Leiterende war gerade so außer Reichweite, also holte er sich den Gartenstuhl, stieg wieder darauf und griff nach der untersten Sprosse. Er atmete tief durch und sprach sich Mut zu:

"Stealth, Mike! Sei ein Ninja!"

Er hielt den Atem an und zog am Ende der Leiter. Sie machte ein penetrantes Quietschgeräusch, während er sie langsam durch die verrostete Verankerung nach unten zog. Bisher hatte die Leiter sich kaum bewegt. Mike ließ los, wischte sich den Schweiß von der Stirn und atmete aus. Er zog nochmal an der Leiter. Wieder bewegte sie sich gequält quietschend einen halben Zentimeter. Ein paar Hunde bellten in der Nachbarschaft. Er konzentrierte sich, zog nochmal daran, und die Leiter rauschte in einem Stück an ihm vorbei und schlug hart auf dem Boden auf. Ungefähr ein Dutzend Hunde bellten jetzt.

Mike stand schwitzend und gekrümmt wie ein Buckliger, auf dem Plastikstuhl balancierend und lauschend. Er machte sich Sorgen, dass ihn jemand gehört hatte. Der Koch und die Kellnerin kamen scheinbar dem Höhepunkt näher und machten ihrerseits Krach, den er von draußen hörte. Aber niemand kam vorbei, um ihn zu verhaften oder zu erschießen. Also schwang Mike sich auf die Leiter und fing an, zu klettern. Im ersten Stock testete er ein Fenster, indem er sich dagegen lehnte, doch es war verschlossen. Im zweiten Stock holte er die Pistole aus der Tüte, ließ das Magazin einrasten und drückte gegen ein weiteres Fenster, das ebenfalls verschlossen war. Im dritten Stock, genau über ihm, ging ein Licht an.

Mike schlich seitlich auf das Fenster zu, als es geöffnet wurde. Ein Feuerzeug mit elektrischer Zündung klickte und flammte auf. Mike umklammerte die Pistole mit beiden Händen, dann schnupperte er. Er roch den Joint, der drinnen geraucht wurde. Eine Rauchwolke hüllte ihn ein, stieg ihm in die Nase und er nieste unterdrückt.

"Hallo?", fragte eine Frauenstimme.

Und:

"Ist da jemand?"

Breitbeinig stellte er sich mit der Pistole vor dem Fenster auf und zielte auf die Person im Inneren. Eva ließ vor Schreck den Joint fallen. Er rollte auf die Plattform der Feuerleiter und blieb dort liegen. Sie sah Mike mit großen Augen an, während er auf sie zielte.

"Du?", fragte er und ließ die Waffe sinken.

Eva erwiderte mürrisch:

"Mann, jetzt hab' ich vor Schreck den Joint fallen lassen! Siehst du ihn irgendwo da draußen?"

Mike bückte sich und gab ihn ihr.

"Hier! Tut mir leid!"

Sie blickte auf die Pistole und kicherte.

Er fragte leicht gekränkt:

"Was ist?"

"Du hast ja nicht mal das Plastikkreuz aus dem Lauf gebohrt!", erklärte Eva. "Was wolltest du denn mit der Pistole machen, etwa mit Platzpatronen auf mich schießen?"

Irritiert steckte er sie in den Hosenbund und murmelte:

"Das ist Tränengas."

Evas Blick wurde mild. Sie hielt ihm den Joint hin.

"Auch 'nen Zug?"

Mike zuckte mit den Schultern.

"Warum nicht?"

Er nahm einen Zug. Diesmal hustete er nicht. Mike reichte ihn ihr zurück.

"Mal im Ernst, was machst du hier?", wollte Eva wissen. Sie klärte ihn auf:

"Du willst dich nämlich nicht wirklich mit diesen Leuten anlegen. Die haben hier drin echte Knarren und nicht grade wenige."

Mike lehnte sich neben ihr an die Wand und rutschte in die Hocke.

"Hör' mal, kann ich kurz reinkommen? Ist ziemlich unbequem an der Mauer."

Sie nickte und sagte:

"Ich hab' abgeschlossen, aber wenn's ein Problem gibt, bist du sofort wieder draußen, klar?"

Mike stieg zu ihr ins Badezimmer. Sie standen nebeneinander aus dem Fenster gebeugt und rauchten gemeinsam den Joint, als wäre das total normal.

"Was machst du eigentlich hier?", fragte er.

"Ich bin als Escort gebucht worden, damit der alte Mafioso mich in den Hintern zwicken und vor seinen Geschäftspartnern hin- und herlaufen lassen kann. Aber das haben wir schon hinter uns. Der Letzte ist vorhin angekommen, jetzt spielen sie."

"Was spielen sie denn? Playstation?", vermutete Mike.

Eva lachte herzlich.

"Poker, du Dummchen!"

Sie deutete auf seine Pistole im Hosenbund.

"Hast du eigentlich die Sicherung drin? Nicht dass du dir gleich 'ne Ladung Tränengas in die Unterhose ballerst."

"Keine Ahnung, ich seh' mal nach."

Unbeholfen zog er die Walther-Replik aus dem Hosenbund. Der Joint war tot. Eva warf ihn aus dem Fenster. Sie lehnte sich rückwärts gegen die Heizung am Fenster, Mike tat es ihr nach. Sie sahen sich die Pistole an.

"Hier ist ein grüner Punkt!", erkannte er.

"Aber was bedeutet der Punkt? Ist die Sicherung drin, wenn man den grünen Punkt sieht, oder wenn man den Punkt nicht sieht?", fragte sie.

Eva berührte seine Hand mit der Waffe und legte den Hebel um. Der grüne Punkt verschwand. Ein roter Punkt war jetzt zu sehen.

"Tja, jetzt ist da ein roter Punkt.", kommentierte Mike scharfsinnig.

Eva legte den Schalter wieder zurück.

"Rot bedeutet scharf, grün bedeutet gesichert, okay?", erklärte sie.

"Okay, danke!"

Sie schwiegen. Es war Mike nicht unangenehm. Eva legte ihren Kopf an seine Schulter und flüsterte:

"Ich bin so müde, ich könnte sofort einschlafen..."
"Geht mir ähnlich.", bestätigte Mike.

Sie gähnten beide. Er überlegte einen Moment.

"Wie ist das so - als Escort? Musst du deinen Kunden...ich meine, verlangen die von dir..."

"Sex?", fragte sie.

Mike nickte.

"Nicht immer, wir sind keine Huren, obwohl sich das bei vielen überschneidet. Eine Escort ist genau das, wofür du sie gebucht hast. Sie ist Traumfrau, Mutterfigur, Zuhörerin. Manche rufen an und wollen nur jemanden zum Abendessen buchen, oder für einen offiziellen Termin…"

Sie winkte mit der Hand und deutete auf die Tür.

"So, wie heute Nacht!"

Mike war trotzdem neugierig:

"Und versuchen es viele, dich ins Bett zu kriegen?"

Eva nickte.

"Eigentlich versuchen es alle! Manche sind nur zu schüchtern, um es zu sagen. Die kommen immer wieder, bringen Blumen mit und so."

"Und du lässt sie einfach auflaufen?", wunderte sich Mike.

Eva erklärte leicht ärgerlich:

"Was kann ich für die Fantasie, von den Typen? Es sind Kunden. Ich bin keine Hure und die wissen das. Und irgendwie kommen sie damit nicht klar, wenn sie mal etwas nicht kaufen können."

Doch Mike ließ nicht locker.

"Schläfst du denn trotzdem mit welchen?"

"Nur, wenn mir einer wirklich gefällt!", entgegnete sie und fügte hinzu:

"...aber sowas hat keine Zukunft."

"Warum machst du's dann noch?", fragte er.

Eva seufzte:

"Das Geld ist gut, ich bin beliebt. Ich habe eine kleine Tochter. Ihr Vater hat uns sitzen lassen und ich muss irgendwie allein klarkommen. Ich spare das Meiste für sie, damit sie eine Zukunft hat."

Mike war gerührt.

"Das... beeindruckt mich! Mein Vater hat uns auch sitzen gelassen. Angeblich, als er mich das erste Mal gesehen hat... war wohl ein Schock fürs Leben."

Mit feuchten Augen sah sie ihn an.

"Du bist nett, weißt du das?"

Ihre Gesichter waren zueinander gewandt. Ganz nah. Vielleicht wäre dies der Moment gewesen, sich zu küssen. Aber plötzlich hämmerte es gegen die Tür. Vladimir rief:

"Kui! Eva, bist du da drin? Mein Vater sucht nach dir. Komm' runter, ja?"

Mit einem Finger vor dem Mund und Panik im Gesicht deutete sie Mike an, ruhig zu sein. Eva beugte sich vor und betätigte die Spülung der Toilette. Sie sagte laut:

"Ich komme sofort, eine Minute."

Mit einer schöpfenden Geste bedeutete sie ihm zu verschwinden; zurück auf die Leiter. Mike tat, was sie verlangte.

Während er raus kletterte, flüsterte sie ihm zu:

"Hör' zu! Wenn dein Koffer hier ist, finde ich ihn! Warte einfach, bis die Sache vorbei ist. Ich komme dann irgendwann auch raus."

Mike nickte dankbar und flüsterte zurück:

"Danke, Eva! Sei vorsichtig."

Sie schloss das Fenster hinter ihm und sprühte etwas Deo in die Luft. Sie wusch sich die Hände, trocknete sie ab. Eva schloss auf und öffnete die Tür. Draußen stand Masko Junior gegen den Türrahmen gelehnt, einen Zahnstocher im Mundwinkel.

"Boschemoi Ewa! Was machst du denn die ganze Zeit hier drin?", fragte er und drängte sie zurück ins Bad.

Er spuckte den Zahnstocher aus und versuchte, sie zu küssen. Aber Eva wehrte sich und drückte ihn weg.

"Du weißt genau, dass ich nicht so eine bin. Geh' zu einem deiner Flittchen, Vladimir!", forderte sie.

Er trat die Tür mit dem rechten Fuß zu und hielt sie noch enger umschlungen. Vladimir griff mit einer Hand in ihren BH.

"Du gehörst aber mir, Eva. Wir bezahlen dich gut dafür. Sei ein bisschen nett, ja!", verlangte er.

"Lass' mich los, Vladimir!", flehte Eva.

Doch der achtete gar nicht auf sie.

"Ich bin schon ganz hart, du kleines Miststück. Blas ihn mir!"

Er drückte sie mit beiden Händen nach unten.

"Ich beiß ihn dir ab, du Schwein!", schrie sie verzweifelt und wehrte sich weiter.

Vladimir bekam keine Hand frei, um seine Hose aufzumachen. Er schnaubte ärgerlich, als die Tür aufflog und Pakhan Masko im Rahmen stand.

"Lass sie sofort los.", donnerte er. "Dawai!"

Augenblicklich - wenn auch widerstrebend - ließ Vladimir die Finger von ihr. Eva stand auf, richtete den verrutschten BH und die Träger ihres Kleides.

"Danke!", sagte sie zu Masko.

Der wandte sich an seinen Sohn und befahl:

"Geh' runter. Das Spiel beginnt gleich. Du musst dich vorbereiten!"

Vladimir ging mit einem stummen Nicken ein wenig 'steif' humpelnd davon. Pakhan Masko nahm Evas Hand und küsste sie.

"Es tut mir sehr leid, Ewa," entschuldigte er sich. "Mein Sohn - er ist stürmisch... die Jugend. Er weiß manchmal nicht, was meins und seins ist."

"Ist schon gut, Alexander. Ich hatte einen Moment lang wirklich Angst..."

Pakhan Masko blickte sie besorgt an. Dann winkte er ihr, ihm zu folgen.

"Komm! Ich will dir etwas zeigen!"

Er nahm ihre Hand und zog Eva hinter sich her. In seinem Büro rollte er das große Architekturmodell aus der Ecke und erklärte ihr das Modell.

"Das ist ein Hotel und Kasino-Komplex. Mit Spa und Wellnessbereich... Massagen, und so weiter. Alles erstklassig! Wir bauen es hier, auf der Reeperbahn. Die hässlichen Häuser, die Tankstelle, das alles kommt weg. Und wir bauen dort das Paradies!"

Er zeigte mit dem Finger auf eine Wohnung ganz oben, mit riesiger Dachterrasse.

"Das ist meine Wohnung und das..."

Er deutete auf eine kleinere Wohnung daneben. "...ist deine Wohnung. Ganz oben, mit Blick auf die Stadt!"

Eva blickte einen Moment lang verzückt auf das Modell, dann begriff sie, was das bedeutete.

Masko erklärte es ihr im selben Moment:

"Ich will, dass du meine Frau wirst, Niejno. Ich werde dich heiraten!"

 Eva blickte zu Boden.

"Ich weiß nicht, was ich sagen soll...", wich sie aus.

"Dann sag' einfach Ja!", schlug er vor.

Sie biss sich auf die Lippe.

"Ich habe eine Tochter. Ich war schonmal verheiratet..."

Pakhan Masko sah sie erstaunt an.

"Mit wem hast du Tochter?"

Eva schüttelte den Kopf.

"Das ist egal, es ist lange her. Du bist immer großzügig gewesen, Alexander. Aber ich bin nicht echt, du weißt das. Es ist mein Job! Ich bin genau das, was du dir wünschst - für eine Nacht. Aber nicht für ein Leben..."

Masko blickte sie düster an.

"Das heißt du sagst nein?" fragte er ungläubig. "Ich adoptiere deine Tochter, wenn es das ist."

"Das ist es nicht.", widersprach Eva.

"Das hier..." sie deutete an sich herunter, "das bin nicht ich! Du bist in eine Fiktion verliebt! Und früher oder später würdest du es auch selbst bemerken."

Der Pakhan wirkte nachdenklich, aber gefasst.

"Wirklich kluges Mädchen! Noch viel klüger, als ich dachte.", meinte er.

Er senkte den Kopf und vermied es, Eva anzusehen, als er sichtlich enttäuscht antwortete:

"Da! Ich will dich nie wiedersehen! Heute Nacht bleibst du noch, dafür wirst du bezahlt."

Eva war jetzt selbst niedergeschlagen.

"Oh Alexander, ich wollte...", versuchte sie zu erklären, aber Masko unterbrach sie grob.

"Das heißt Herr Masko für dich! Du bist nur eine Hure, weiter nichts.", fluchte er.

"Das ist ungerecht, ich habe dich wirklich gerne!", sagte Eva gekränkt. Er winkte ab.

"Stoi! Das reicht jetzt. Lass' mich allein!"

Schweigend drehte sie sich um und ging hinaus. Sie schloss leise die Tür hinter sich. Masko bebte. Er schluchzte und weinte. Große, kullernde Tränen flossen aus seinen Augen und sein ganzer Körper zitterte. Er wirkte plötzlich unheimlich einsam und alt.

ZWÖLF

Zwei Beamte in Zivil saßen in einem alten BMW 5er und beobachteten den Eingang zum White Room. Ein Taxi hielt vor dem Eingang, jemand stieg aus. Dazu ertönte die digitale Imitation einer klickenden Kameralinse. Einer der Beamten fragte den Anderen:

"Kennst du den Typen?

 "Nie gesehen! Sieht aus, wie ein Anwalt oder so," antwortete der Andere.

Der Fahrer biss in ein Brötchen mit Bismarck-Hering und ließ einen kräftigen Furz los. Es knatterte auf den Ledersitzen. Der zweite Beamte wedelte sich mit einer Aktenmappe Luft zu und fuhr das Fenster runter.

Keuchend jammerte er:

"Verdammt, Smidt! Musst du unbedingt immer deine Fischbrötchen fressen? Deine Fürze sind schlimmer als Napalm!"

Smidt antwortete gelassen:

"Entspann' mal, Voss!"

Er schnupperte und philosophierte:

"Ist dir schon mal aufgefallen, dass die eigenen Fürze nie so schlimm stinken, wie die von anderen Leuten?"

Der zweite Polizist schüttelte den Kopf:

"So siehst du das vielleicht... meine Frau hätte sich schon scheiden lassen, wenn ich sowas im Bett loslassen würde!"

Smidt biss wieder herzhaft in sein Fischbrötchen und erwiderte:

"Du weißt, dass ich den höheren Rang habe! Im Prinzip könnte ich dir befehlen, das Fenster wieder hochzudrehen. Um die Observation nicht zu gefährden!"

"Das würdest du nicht wagen!", protestierte Voss.

Eine dunkle Limousine fuhr vor. Smidt legte das Fischbrötchen weg und blickte auf die Kamera. Jemand stieg aus: Klick, Klick. Eine alte Frau, mit schweren Klunkern an Hals und Ohren. Sie trug ein fliederfarbenes Kleid. Smidt bemerkte verdutzt:

"Frau von Homburg! Was macht die denn hier?"

"Warten wir's ab. Schade, dass wir niemanden drinnen haben. Wüsste zu gerne, was die dort treiben!"

Voss schlug Smidt gegen die Schulter und meinte:

"Da kommt noch einer! Diesmal zu Fuß."

Ein großgewachsener, dunkelhaariger Mann mit grauen Schläfen und hohen Geheimratsecken klingelte am White Room. Er trug eine schwarze Aktentasche unter dem Arm. Smidt schoss noch ein Foto des hageren Mannes.

"Sieht nicht aus wie ein Krimineller, aber an dem Typ ist irgendwas seltsam! Sieh dir mal die stumpfen Augen an..."

Er hielt Voss das Bild hin.

"Sowas sehn' wir doch jeden Tag!", bemerkte der.

"Junkie!", sagten beide im Chor.

Der Mann verschwand im White Room und Smidt futterte endlich sein Fischbrötchen auf.

Als er fertig war, lehnte er sich zurück und ließ einen rollenden Rülpser vom Stapel. Voss fuhr wieder das Fenster runter.

"Du bist echt eine Zumutung! Wieso schicken sie mich immer mit dir zu Observationen?", fragte er.

"Na, weil ich dich immer anfordere!"

Smidt lachte herzhaft und wischte sich die Hände an seiner Hose ab, als es an die Scheibe klopfte.

Kommissar Wolf, ebenfalls in Zivil, stand neben der Beifahrertür. Voss ließ die Scheibe runter. Wolf reichte ihm einen Papphalter mit zwei Tassen Kaffee und einer Tüte voller Franzbrötchen darauf.

"Moin Chef, Feierabend?", fragte Smidt.

Der Kommissar lächelte bitter.

"Überstunden - so heißt Feierabend bei der Polizei. Wisst ihr doch!", spottete er.

Wolf machte die Tür auf, stieg hinten ein und kam sofort zur Sache:

"Was gibt's Neues, Männer?"

Voss reichte ihm die Kamera. Smidt feierte die Ankunft der Franzbrötchen und schlürfte lautstark Kaffee. Wolf blätterte durch die Aufnahmen und zeigte auf ein Foto.

"Irgend 'ne Ahnung, wer das ist?", er drehte die Kamera mit dem Bildschirm zu den Beamten und zeigte ihnen das Bild des Anwalts.

"Das fragen wir uns auch.", antwortete Smidt.

"Den Rest kennen wir aber größtenteils! Frau von Homburg - Adel verpflichtet. Ach ja, und Patrick Schwarz, der Bodybuilder... "

"...der Schläger, passt wohl eher.", meinte Kommissar Wolf und klickte zum nächsten Bild.

"Das ist Professor Schuldtheiss", stellte er fest. "Hat 'ne Privatklinik in Eppendorf. Bekannt dafür,
94

dass er ein Auge zudrückt und auch mal operiert, ohne es zu melden. Solange die Bezahlung stimmt, jedenfalls!"

Smidt meinte kauend:

"Sieht aus, wie 'n Junkie!"

Wolf nickte.

"Tja, so sehen Junkies aus, die genug Geld haben. Angesehene Mitglieder der Gesellschaft!"

Das nächste Bild machte ihn stutzig.

"Was macht DER denn hier?"

Er drehte die Kamera wieder zu Voss. Darauf war Mike zu sehen.

"Der war im Hinterhof und ist dann wieder rausgekommen.", erklärte Voss. "War vielleicht nur pinkeln. Wir haben uns nichts dabei gedacht."

"Wieso?", wollte Smidt wissen. "Wer ist das? Sieht harmlos aus."

Kommissar Wolf versuchte, sich zu erinnern:

"Mike... irgendwas. Wollte 'ne Anzeige wegen Diebstahls aufgeben. Einer der Russkiys hat ihn angeblich mit einer Pistole bedroht."

Smidt wunderte sich:

"Und dann kommt er nochmal zurück? Ist der wahnsinnig?"

Kommissar Wolf schüttelte den Kopf.

"Nur verzweifelt..."

Voss fand trotzdem:

"Wie dumm muss man sein..."

Sein Blick fiel auf Smidt, der gleichzeitig ein Franzbrötchen essen und Kaffee trinken wollte und sich dabei bekleckerte.

Er seufzte: "Andererseits..."

DREIZEHN

Im Pokerzimmer des White Room waren jetzt alle Gäste vollzählig anwesend. Vor ihnen standen Getränke, die sie charakterisierten. Vladimir trank Manhattan. Vor Frau von Homburg stand ein Long Island Ice Tea. Jim Pike, der Anwalt, bekam einen Tom Collins und Pätrick hielt ein großes Glas Bier in der Hand. Doktor Schuldtheiss hatte eine Flasche Wasser und ein Glas mit Eis neben sich stehen, rührte aber nichts davon an.

Im Raum waren die dunkel gekleideten Leibwächter Maskos verteilt. Stumm bereitete der Croupier alles vor, legte Karten und Spielchips vor sich ab und reihte alles fein säuberlich auf. Er war ganz in seine Arbeit versunken und ließ sich nicht ablenken.

Im Hintergrund wartete Eva oberflächlich lächelnd. Sie erwartete den üblichen Auftritt.

Im ersten Stockwerk fiel eine Tür ins Schloss und Pakhan Masko kam großspurig die Treppe herunter geschritten. Er breitete die Arme aus, während er sprach. Alle, die ihn nicht deutlich sehen konnten, wendeten sich zu ihm um.

"Liebe Freunde", begann er. "Heute ist besonderer Abend. Wir veranstalten Spiel, um den Beginn einer neuen Ära zu feiern: Die

Baugenehmigung für das Paradise Resort, Casino und Spa!"

Er war am Fuß der Treppe angekommen und schritt auf den Tisch mit dem Koffer zu.

Masko erklärte:

"Daher habe ich mich entschlossen, besondere Kostbarkeit aus meinem Familienbesitz als Gewinn des heutigen Abends auszuwählen."

Er deutete Vladimir an, den Koffer zu öffnen. Und der ließ den Verschluss aufschnappen und öffnete. Vladimir drehte den Koffer leicht von einem zum anderen und jeder warf bewundernde Blicke darauf. Nur auf Pätricks Gesicht zeigte sich die nackte Gier.

Eva hatte nun ebenfalls Gelegenheit, einen Blick auf den Koffer zu werfen und ihre Augen weiteten sich vor Entzücken. Der goldene Glanz erlosch, als Vladimir die Schlösser wieder zuschnappen ließ und den Koffer vom Tisch nahm. Masko räusperte sich und sagte:

"Sie wissen also, worum es heute geht!"

Er legte seinem Sohn die Hand auf die Schulter und sah jeden in der Runde an. Dann schloss er herzlich klatschend:

"Und jetzt wünsche ich ihnen allen viel Erfolg und eine glückliche Hand!"

Er trat zurück. Geschäftig begann der Croupier Karten zu verteilen und erklärte die Regeln:

"Wir spielen Texas-Hold-Em. Schwarz sticht..."

VIERZEHN

Mike lief auf der gegenüberliegenden Straßenseite herum und suchte nach einer Bar, von wo aus er die Eingangstür des White Room beobachten konnte. Es gab nur einen einzigen Laden, der dafür in Frage kam. Eine Biker-Bar, namens "The Crazy Horst", deren Logo ein mit Nieten verzierter Motorradsitz war. Er ging die drei Stufen ins Souterrain hinunter. Mike schob die schwere Holztür auf, die knarrend nur langsam nachgab. Drinnen saßen ungefähr zwanzig Biker in Lederkluft und Jeans an groben Eichenholztischen. Alle tranken Bier und Korn und viele trugen Sonnenbrillen, obwohl der Laden so finster war. Es lief Mötley Crüe in irrer Lautstärke und die Luft war blau vom Zigarettenqualm. Auf dem Boden lagen überall Sägespäne, entweder um Kotze oder Blut aufzusaugen, vielleicht beides. Als Mike eintrat, hörten die Gespräche auf und alle starrten ihn an. Die Musik wurde leiser gedreht.

Er ging auf die Bar zu und setzte sich auf einen mit Kuhfell bezogenen, aber abgewetzten Hocker. Mike sah nach rechts aus dem Fenster und stellte befriedigt fest, dass er den Eingang zum White Room von hier aus gut sehen konnte. Der Barkeeper mit Cowboybart, Segelohren und Glatze blickte ihn fragend an. Lederjacken knirschten, ansonsten war es still.

"Was darf's sein, Fremder?", fragte Crazy Horst.

Mike bestellte:

"Ein kleines Bier."

Womöglich wurde es im Raum noch stiller. Der Barkeeper zapfte ein winziges Schnapsglas mit Bier und stellte es vor ihn.

"Was ist das?", fragte Mike irritiert.

"Ein kleines Bier.", erwiderte Crazy Horst.

Er sah ihn verständnislos an. Horst erklärte:

"Du trinkst entweder das hier, bezahlst und verschwindest. Oder du bestellst ein richtiges Bier!"

Daraufhin bestellte Mike ein richtiges Bier.

Der Barkeeper nahm das Fingerhut große Glas und kippte es aus. Dann holte er unter dem Tresen ein großes Bierglas in Form eines Stiefels hervor und zapfte es ihm. Horst streifte den Schaum ab und stellte es vor Mike hin. Danach schenkte er ein Schnapsglas voll Korn ein und stellte es dazu.

"Herrengedeck gibt's gratis, wenn du austrinkst."

Mike hob den Stiefel hoch und musterte das Glas. Er wollte zuerst nur einen Schluck nehmen, als ein Raunen im Raum anhob. Alle Rocker und Biker klopften auf die Tische und feuerten ihn an:

"Ex, Ex, Ex…"

Mike drehte sich zu ihnen um. Er setzte das Glas an und leerte es mit gewaltigen Zügen. Zum Glück hatte er riesigen Durst. Er trank das Bier in Rekordzeit aus und knallte das leere Glas auf den Tresen. Dann rülpste Mike, dass dem Barkeeper davon die Segelohren flatterten. Als der Rülpser verklungen war, stürzte er den Korn hinterher. Sekundenlang herrschte Stille, dann jubelten alle. Gelächter allerseits und Horst wischte die Theke ab und schenkte nach. Irgendwer machte die Tür wieder richtig zu, die Musik spielte weiter und jemand hielt Mike eine Schachtel filterlose Gauloíse hin. Er nahm eine heraus und der Barmann gab ihm Feuer. Mike nickte dankbar, atmete Rauch aus und sah aus dem Fenster.

FÜNFZEHN

Die ersten Runden waren gespielt. Alle saßen je nach Charakter unterschiedlich über ihren Karten. Auf dem Tisch lag ein ganzer Haufen Jetons, eine gute Runde. Frau von Homburg musste passen, ihre Karten lagen schon vor ihr. Trotzdem fragte sie:

"Wie hoch ist nochmal das Limit, ich hab's wieder vergessen?"

Der Croupier antwortete sachlich:

"Das Limit liegt momentan bei zehntausend Euro."

Doktor Schuldtheiss klopfte sich gegen die Brust und hüstelte.

"Wäre es wohl möglich, nach dieser Runde eine kurze Pause machen?", fragte er leise.

Er räusperte sich.

"Ich fürchte, ich muss meine Medizin nehmen..."

Allen war sonnenklar, welche Medizin er nehmen wollte. Für Schuldtheiss lief es nicht so gut. Er hatte sogar weniger Chips auf dem Tisch als Frau von Homburg.

Vladimir stimmte zu:

"Aber sicher! Was sagen sie jetzt, Dok?"

Schuldtheiss faltete seine Karten zusammen.

"Passe!", antwortete er.

Vladimir nickte und fragte den Nächsten:

"Und sie, großer Mann? Was sagen ihre Karten?"

Pätrick sah nicht einmal von seinen Karten auf.

"Ich gehe mit und erhöhe um Fünftausend."

Doktor Schuldtheiss erhob sich langsam und vorsichtig.

"Wenn sie mich bitte für einen Augenblick entschuldigen würden."

Er stand auf, griff seine schwarze Aktentasche und presste sie sich an die Brust. Dann verschwand er die Treppe hoch, in Richtung Badezimmer.

Der Anwalt schien das Spiel als Einziger zu genießen. Er rollte seine Chips in die Mitte.

"Ich gehe mit und will sehen", verlangte er.

Pätrick legte seine Karten auf den Tisch.

Triumphierend rief er: "Full House!"

Vladimir deckte seine Karten auf. Drei Neunen. Er lehnte sich zurück. Pike griff breit lächelnd in seine Karten und deckte sie auf.

"Royal Flush, meine Herren... und Damen!"

Er griff nach dem Vermögen in der Mitte des Tisches und zog es auf seine Seite. Die anderen lehnten sich enttäuscht zurück.

Pakhan Masko machte seinem Sohn ein Zeichen und Vladimir erklärte:

"Wir machen eine kurze Pause, bis Doktor Schuldtheiss wieder da ist. Bitte probieren sie ein paar russische Delikatessen."

Er winkte, und die Kellner trugen große silberne Tabletts mit feinen Häppchen auf. Frau von Homburg erhob sich augenblicklich. Pätrick zündete sich erst mal einen Zigarillo an und lehnte sich im Stuhl zurück. Seine Augen wanderten zu dem Koffer mit dem Gewinn. Er stand zu seiner Linken aufrecht auf dem Beistelltisch. Er musste nur nahe genug herankommen. Vladimir hatte sich Pakhan Masko zur Seite gestellt und beugte sich zum Sprechen näher ans Ohr seines Vaters. Er deutete auf Pätrick und fragte leise:

"Warum ist der Steinzeitmann hier?"

Masko belehrte ihn:

"Er kontrolliert die Hälfte der Schläger auf der Reeperbahn. Seine Leute haben uns bei der... Räumung geholfen."

Vladimir verstand es.

"Wir machen uns nicht die Hände schmutzig. Charrascho! Und sie?"

Er deutete kurz auf Frau Homburg, die das Buffet plünderte.

Masko erklärte es ihm.

"Ihr Mann hört auf sie. Und sie ist spielsüchtig. Sie wird ihm so lange auf die Nerven gehen, bis wir unsere Genehmigung kriegen!"

Vladimir erwiderte höhnisch:

"Und dann sind wir stolze Besitzer eines Hotels mit Schwimmbad. Mein größter Traum geht in Erfüllung!"

Der Pakhan hatte genug davon. Er zog ihn am Ohrläppchen dicht zu sich heran und zerbiss die Worte, während er seinem Sohn einschärfte:

"Spotte nicht! Du verstehst es immer noch nicht..."

Seine Stimme wurde zu einem Raunen:

"Weißt du, wieviel GELD wir waschen werden?"

Er ließ Vladimir wieder los und lächelte in die Runde. Frau von Homburg hatte sich inzwischen einen Teller mit Häppchen vollgeladen und war auf dem Weg zurück zu Masko.

"Ein toller Abend," lobte sie. "Hach, es ist ja alles so aufregend! Ich kann es gar nicht erwarten, dass ihr Kasino uns allen hier etwas Glanz bringt!"

Bescheiden erwiderte der Pakhan:

 "Spassiba, Frau von Homburg!"

Sie drehte sich um und begann noch im Gehen ihre ersten Häppchen zu essen.

SECHZEHN

Im Zivilfahrzeug der Polizei saßen immer noch die drei Beamten und observierten den White Room.

Plötzlich bemerkte Smidt:

"Da tut sich was!"

Ein alter, verbeulter VW-Einser Bus kam mit hoher Geschwindigkeit auf sie zugefahren. Dann bremste er mit quietschenden Reifen ab und ein Haufen Männer mit Gewehren stürzten in einem Schwall auf die Straße. Einer trug sogar einen Granatwerfer.

"Ach du Scheiße!", entfuhr es Kommissar Wolf. Er griff sofort zum Funkgerät. Währenddessen befahl er Voss:

"Notieren sie das Kennzeichen!"

Der Beamte suchte zwischen dem Müll auf der Ablage nach seinem Notizheft. Die Wagentür des VW schlug zu und der Bus fuhr wieder mit Vollgas los und verschwand. Die Angreifer stellten sich gegenüber der Tür auf dem Bürgersteig auf und luden durch.

Kommissar Wolf bellte ins Funkgerät:

"Hier spricht Wolf. Schicken sie sofort zwei Mobile Einsatzkommandos nach St. Pauli. In die Schmuckstraße... Nummer siebzehn. Etwa acht Bewaffnete mit Automatikgewehren, ein Raketenwerfer... JA, RPG! Im Inneren des Objektes wahrscheinlich weitere Bewaffnete!"

Die Beamten zogen ihre Pistolen, Wolf allerdings nicht.

Smidt fragte nervös:

"Was machen wir jetzt, Chef?"

Der Kommissar entschied pragmatisch:

"Wir warten, bis Verstärkung kommt. Dann gehen wir rein!"

Der Mann mit dem Raketenwerfer kniete sich hin und ein Zweiter lud ihm einen Sprengkopf in den Werfer.

Währenddessen sah Mike von seinem Fensterplatz im Crazy Horst zwar, wie der VW-Bus vorfuhr. Aber die Passagiere waren zunächst durch den Bus verdeckt. Er musterte stattdessen seine nächste brennende Zigarette und langweilte sich. Im Aschenbecher lagen schon etliche Stummel. Der VW fuhr mit quietschenden Reifen los, und nur beiläufig blickte Mike wieder hin und war sofort geschockt von den vielen Waffen. Trotzdem stand er auf und stolperte zur Tür, riss sie auf und rannte hinaus.

Der Raketenwerfer wurde auf den Eingang des White Room abgefeuert und die Tür explodierte. Ganze Teile davon flogen durch die Luft. Der Rauch verflog und drei Russen schossen mit Maschinenpistolen und Schrotflinten durch den Eingang zurück und erwischten zwei Albaner, bevor ihr Feuer erwidert wurde. Viktor, in der Hand eine Maschinenpistole, stolperte durch den Rauch und fiel tot auf sein Gesicht. Der Rauch verflog schnell. Die beiden anderen Leibwächter lehnten blutend und tot an der Wand.

Im Pokerzimmer hörte man die Explosion und die Schüsse auf der Straße und dann das Feuergefecht vor dem White Room. Pakhan Masko fackelte nicht lange und eilte die Treppe hoch, vorbei an Doktor Schuldtheiss, der gerade wieder herunterkam.

"Was ist denn los?", wollte er wissen. Aber niemand antwortete.

In Vladimirs Augen blitzte nackte Mordgier, während ihm einer der Bodyguards eine großkalibrige Pistole zuwarf. Der Anwalt stand auf und hielt plötzlich eine kleine Derringer in der Hand.

"Sie kommen!", rief Vladimir.

Pätrick sah seine Chance - jetzt oder nie! Er schmiss dem ersten Bodyguard seinen eigenen

Koffer an den Kopf und lief los. Erstaunlich flink sprang er auf den Beistelltisch und umklammerte den Koffer mit dem Gewinn. Auf dem Tisch rollte er durch die Schwingtüre, bis in die Küche hinein.

Im selben Moment stürmten die Albaner wild um sich ballernd durch die Vordertür. Sie zersplitterte im Rahmen. Vladimir griff Evas Arm und zog sie als Schutzschild vor seinen Körper. Die Männer eröffneten das Feuer. Frau von Homburg schrie auf und wurde ohnmächtig. Sie fiel zu Boden und ein angebissenes Antipasto rollte ihr aus dem Mund. Der Anwalt schoss und traf den ersten Angreifer mit zwei Kugeln. Dann wurde er von dessen Freund durchsiebt. Danach traf es den Bodyguard, der vorhin Pätricks Koffer an den Kopf bekommen hatte. Noch auf der Treppe starb Doktor Schuldtheiss, high wie ein Riesenrad. Die anderen Bodyguards feuerten wie verrückt weiter und erledigten jeweils einen Feind, bevor sie starben.

Masko Senior war klug genug gewesen, nach oben zu flüchten. Er klappte hastig das Architektur-modell auf und im Inneren des Styroporklotzes befand sich - in einer perfekt ausgeschnittenen Form - ein AK101 Sturmgewehr. Er riss es aus der 'Verpackung', überprüfte das Trommelmagazin und lud durch. Er blickte nervös zur Tür. Dann hörte er die Schüsse unmittelbar unter ihm und stürmte sofort wieder zur Tür raus.

Nur Eva und Vladimir waren außer den letzten zwei Albanern noch am Leben. Vladimir hielt Eva immer noch als menschlichen Schild vor sich.

"Siehst du? Sie schießen nicht auf Frauen und Kinder!", triumphierte er.

"Aber alle Männer sind tot.", dachte Eva.

Die Albaner warteten auf ihre Gelegenheit, während Vladimir sie abwechselnd im Visier hatte und langsam rückwärts in Richtung Küchentür ging. Doch Eva drehte sich in einem Schwung aus seiner Umklammerung und rammte ihm ihr Knie in die Eier. Sie warf sich zu Boden. Die Albaner eröffneten augenblicklich das Feuer und machten aus Vladimir ein Sieb. Gurgelnd und Blut spuckend zielte er mit seiner Pistole auf Eva, fiel aber tot um, bevor er abdrücken konnte. Plötzlich knallte oben die Bürotür auf und Pakhan Masko kam, Salven feuernd und auf Russisch fluchend die Treppe herunter gestürmt. Er feuerte und tötete die letzten beiden Angreifer. Aber er wurde dabei selbst ins Herz getroffen. Er fiel und rollte, immer noch automatisch feuernd, die Treppe herunter. Putz und Holzfetzen flogen durch die Luft, bis sein Magazin leer war.

Eva lag auf dem Boden und schützte ihren Kopf vor den herumfliegenden Splittern. Dabei fiel ihr Blick auf Pätricks Trickkoffer, neben ihr. Der Mechanismus war aufgesprungen und Mikes Koffer lugte ein Stück weit daraus hervor. Neugierig zog sie daran und der kleinere Alukoffer löste sich.

Die letzten Schüsse verstummten. Die Schießerei war vorbei. Die Beamten im Wagen sahen sich um.

"War's das?", erkundigte sich Smidt.

"Gehen wir jetzt rein?", wollte Voss wissen.

Aber Kommissar Wolf blieb beharrlich:

"Wir warten auf das Einsatzkommando!"

Er stutzte, weil er sah, wie Mike an ihnen vorbei in Richtung White Room lief.

"Verflucht, ist der etwa immer noch hier?"

SIEBZEHN

Die Gittertür flog mit einem Tritt auf und Pätrick kam aus dem Hinterhof gesprintet. Er rannte auf Mike zu und hielt dabei den Koffer umklammert wie ein Quarterback den Ball. Wie in Zeitlupe, sah Mike seinen Koffer in Pätricks starken Armen liegen. Und er erschien ihm von überirdischem Glanz umgeben. Ätherische Klänge ertönten. Mike glaubte, ein wenig Vogelgezwitscher und klassische Musik zu hören. Dann rannte Pätrick ihn um. Mike zog die Gaspistole, weil sie ihn beim Laufen störte und lief hinter ihm her. Er brüllte:

"Hey, stehenbleiben!"

Pätrick blickte sich um, sah nur die Pistole und bog um die Ecke und außer Sicht. Die Fahrzeuge der Einsatzkommandos kamen mit Blaulicht angerauscht. Kommissar Wolf wurde soeben Zeuge, wie Mike die Waffe zog und Pätrick verfolgte.

"Los Mann, gib' Gas!", verlangte er.

Smidt startete augenblicklich den Motor. Leere Kaffeebecher flogen aus dem Fenster und der BMW fuhr mit qualmenden Reifen los. Neben den Fahrzeugen der Einsatzkräfte hielten sie kurz an. Kommissar Wolf streckte den Oberkörper aus dem Fenster.

"Wir verfolgen zwei Flüchtige. Gehen sie rein und sichern sie!", befahl er den Kommandos.

Der BMW gab wieder Gas und bog um die Ecke. Pätrick rannte auf den Rückausgang eines Schmuddelkinos zu und zerbrach fast die Tür. Innen knallte er gegen die Wand und lief weiter. Mike verfolgte ihn mit etwas Abstand. Das Auto hielt an und Kommissar Wolf stieg aus und folgte ihnen. Smidt gab wieder Gas und fuhr die Straße hoch, um sie vorne abzufangen.

Pätrick lief direkt vor der Leinwand durch das ziemlich leere Kino und stand mitten im Bild. Silikonbrüste und Dildos wanderten über ihn hinweg, als er Teil des Bildes wurde. Mike war jetzt näher an ihm dran, aber Pätrick hetzte weiter und stieß die Tür zum nächsten Saal auf. Der zweite Kinosaal war unwesentlich voller als der Erste.

Dort lief grade Pulp Fiction. Es war die Szene, in der Jules und Vincent Brad erschießen. Sie feuerten los und Pätrick glaubte einen Moment, dass auf ihn geschossen wurde. Er warf sich zwischen die Sitze in Deckung, während das Publikum schallend lachte. Pätrick kam wieder hoch und sah sich unsicher um, dann rannte er weiter. Mike folgte ihm und sie verschwanden wieder im Dunkeln. Kommissar Wolf kam zuletzt in den Saal und sah sie nirgendwo. Doch oben schwang die Eingangstür auf und zu. Der Kommissar nahm die Verfolgung wieder auf und hetzte durch die Lobby nach draußen.

Vor dem Kino standen ein Golfmobil und eine Fahrradrikscha für Touristenfahrten. Pätrick eilte durch die Schwingtür, sah das Rad und steuerte darauf zu. Er stieß den Fahrer vom Sattel und schwang sich darauf, den Koffer in seiner rechten Hand. Er fuhr ächzend los und trampelte aus voller Kraft.

Mike kam herausgerannt, sah Pätrick starten und wählte das Golfmobil als einzige Alternative. Er setzte sich hinters Steuer, während die Umherstehenden noch dem Rikscha-Fahrer halfen und kopfschüttelnd hinter Pätrick herschauten. Mike drückte auf die quälend fiepende Hupe des Golf Carts und gab Gas. Leute sprangen aus dem Weg. Eine der langsamsten Verfolgungsjagden aller Zeiten bahnte sich an.

Kommissar Wolf kam nun ebenfalls aus dem Kino, erfasste die Situation und zog seine Dienstwaffe. Er rannte auf die Straße, aber Mike und Pätrick waren zu weit entfernt, um sie noch einzuholen. Aber der BMW parkte vor ihm. Wolf versuchte einzusteigen, doch der Wagen war leer und abgeschlossen. Keine Spur von den Kollegen, die wahrscheinlich im Gebäude herumirrten. Der Kommissar schlug aufs Wagendach, fluchte derbe und lief dann los. Er nahm die Verfolgung zu Fuß auf.

Pätrick trat mit Wucht in die Pedale, aber die Rikscha war kein geeignetes Fluchtfahrzeug. Er fuhr sogar langsamer als Mike, der im Golfmobil mit ihm gleichzog. Pätrick bog ab und hoffte, seinen Verfolger in der Hafenstraße loszuwerden.

"Gib mir den Koffer!", forderte Mike.

Pätrick lachte:

"Davon träumst du nur!"

Mike rammte die Rikscha - allerdings ohne Effekt. Sie bewegten sich auf die Treppe neben dem Goldenen Pudel zu. Als sie in die Kurve bogen, rammte Mike die Rikscha nochmal. Sie kippte, überschlug sich und blieb oben an der Treppe liegen. Der Koffer fiel heraus und rutschte die Treppe runter. Pätrick purzelte hinterher und schlug hart auf dem oberen Bordstein auf. Mike stieg aus und lief in Richtung Treppe. Doch der Bodybuilder stand taumelnd auf und riss Mike mit sich die Treppe herunter.

Am Pudel hing ein Schild "Wegen Renovierung geschlossen". Mike las es, während sie ineinander verkeilt abrollten. Die Pistole rutschte aus seiner Hand und landete direkt vor ihren Füßen, am Fuß der Treppe. Mühsam standen beide auf. Pätrick nahm die Waffe und richtete sie auf Mike. Der Koffer lag genau zwischen ihnen. Beide blickten gierig darauf. Pätrick humpelte näher.

"Bleib, wo du bist!", verlangte er, mit der Pistole in der Hand. Er schritt auf den Koffer zu, aber Mike machte ebenfalls einen Schritt vorwärts.

"Bleib stehen, sag' ich! Sonst drück ich ab!", wiederholte Pätrick.

Sie musterten einander, während Pätrick sich zum Koffer hinunter beugte. Ganz langsam hob er ihn auf, ließ Mike dabei aber nicht aus den Augen. Er wurde plötzlich stutzig und meinte:

"Hey, du siehst aus wie jemand, der mir noch Geld schuldet!"

Mike nickte müde.

"Ist mir egal! Und jetzt gib' mir meinen Koffer, du Arsch!"

Endlich tauchte auch Kommissar Wolf, atemlos aber gefasst, am oberen Ende der Treppe auf.

"Waffe fallen lassen! Polizei!", rief er.

Pätrick zögerte den Bruchteil einer Sekunde, bevor er mit dem rechten Daumen entsicherte und sich blitzschnell zum Kommissar umdrehte. Die Pistole ging los, einmal, zweimal. Kommissar Wolf schoss zurück, während er die Treppe herunterkam. Und er traf. Pätrick zuckte zusammen und feuerte nochmal auf den Kommissar. Wolf erwiderte das Feuer und traf ihn zweimal, diesmal mitten in die Brust. Pätrick begriff seinen Fehler nicht. Er blickte verwundert in die Mündung der Pistole und sah das Plastikkreuz im Lauf.

"Schei-ße!", stöhnte er laut.

Er sank auf die Knie, fiel um und starb. Der Koffer rutschte ihm aus der Hand. Kommissar Wolf rieb sich die Augen. Er hatte eine dreifache Ladung Gas abbekommen und stand immer noch mitten in der Wolke. Mike sah, dass der Kommissar fast blind war, biss sich auf die Unterlippe und schnappte sich den Koffer.

Hilflos verlangte der Kommissar:

"Bleiben sie stehen. Das ist Beweismaterial!"

Unbeholfen drehte er sich hin-und-her, blinzelte und erkannte trotzdem nichts. Seine Augen waren voller Tränen. Mike rannte mit dem Koffer in der Hand über die Straße. Er hatte es fast bis auf die andere Seite geschafft, als neben ihm Reifen quietschen. Das Taxi kam mit quietschenden Reifen und flackernden Lampen zum Stehen und stand leise tuckernd vor ihm.

"Digger, gibt's in Hamburg kein anderes Taxi, vor das du dich werfen kannst, oda was?", fluchte Olaf.

Mike sagte kein Wort und stieg eilig ein. Olaf bemerkte jetzt erst den Toten und den Kommissar in Zivil daneben, mit seiner Pistole in der Hand.

Mike hämmerte gegen die Kopfstütze.

"Fahr' los!", flehte er.

Mit quietschenden Reifen schoss Olaf vorwärts und ließ den Kommissar zurück.

"Wohin?", wollte er wissen.

"Ist doch egal!", sagte Mike. "Nur weg!"

Triumphierend hob er den Koffer, so dass der Fahrer ihn im Rückspiegel sehen konnte.

"Ich hab' meinen Koffer wieder!"

Olafs Augen im Rückspiegel verrieten weder Begeisterung noch Interesse. Mike zog an der Verriegelung und gab seinen Code ein. Aber der Koffer ging nicht auf.

"Das ist doch nicht mein Koffer...", berichtete er enttäuscht.

Er untersuchte ihn weiter.

"Meiner hat eine Gravur am Griff!"

120

Olaf war nervös und erklärte:

"Digger, ich will damit nichts zu tun haben!"

Er hielt das Taxi an.

"Raus!", schnauzte er.

Mike begriff nicht.

"Was?"

"Steig' sofort aus meinem Taxi!", beharrte Olaf.

Mike machte die Tür auf und stellte einen Fuß auf den Asphalt.

"Okay, reg dich nicht auf!"

Olaf verabschiedete sich, wieder freundlicher:

"Und pass' besser auf, wenn du über die Straße gehst, nech!"

"Mach' ich!"

Mike schlug die Tür zu, das Taxi fuhr weg. Es begann zu regnen. Er stand vor der Treppe am Tropenkrankenhaus und stieg sie hoch. Es war der direkte Weg zurück zur Reeperbahn. Langsam wurde es wieder Tag und der Himmel färbte sich rosa. Es nieselte in feinen Tröpfchen, fast wie Nebel.

Er ging die Reeperbahn herab und Mike war in Gedanken, als Eva ihm entgegenkam. In ihrer Hand hielt sie seinen Koffer. Sie lächelten beide. Regen lief ihre Gesichter herunter und Eva strich eine Strähne aus ihrem Gesicht. Die noch verbliebenen Nachtschwärmer suchten Deckung vor dem warmen Regen. Der Bürgersteig war leer und glänzte wie lackiert. Die Neonlichter der Reeperbahn reflektierten darauf wie eine zweite Stadt.

"Hi!", begrüßten sie einander und blieben stehen.

Er deutete auf den Koffer in ihrer Hand.

"Du hast gesagt, du würdest ihn finden!"

Sie blickte auf den Koffer in seiner Hand.

"Wollen wir tauschen?"

Mike ging auf sie zu. Sie streckten im gleichen Moment die Arme aus und verharrten kurz in der Pose, in der sie einander berührten. Dann trennten sie sich, jeder mit dem Koffer des Anderen.

"Wie bist du rausgekommen?", erkundigte er sich.

"Ich bin hinten raus, wie du.", erklärte sie.

Mike nickte dankbar. Er blickte auf die Gravur auf seinem Koffer. Es regnete mittlerweile in Strömen.

Laut plätscherte es auf den Asphalt. Trotzdem ließ er den Kopf hängen und sagte:

"Ich schätze das war's dann."

Eva nickte und gratulierte ihm:

"Herzlichen Glückwunsch!"

"Wozu?", fragte Mike.

"Na, zu deiner Promotion!"

Er lächelte schwach, sah aber nicht so richtig glücklich aus. Sie deutete auf den Koffer in ihrer Hand.

"Willst du gar nicht wissen, was hier drin ist?"

Mike schüttelte den Kopf.

"Warum nicht?", fragte sie neugierig.

"Weil du es verdient hast! Du und deine Tochter."

Eva lächelte ihn süß an. Sie nahm seinen Arm, drehte sich um, und Hand in Hand gingen sie los. Ihre identischen Koffer schwangen außen mit. Genauso plötzlich wie er begonnen hatte, endete der Regenschauer wieder.

"Wollen wir vielleicht zusammen was frühstücken gehen?", fragte Eva.

Mike nickte begeistert.

"Oh ja, ich sterbe gleich vor Hunger!"

Überraschend bremste neben ihnen ein Auto und hupte kläglich. Der Mercedes war verbeult und der Motor kam stotternd zum Stehen; der Kühler zischte. Als Phil die Tür zuschlug, fiel das vordere Nummernschild halb ab und landete klappernd auf der Straße.

"Mann, da bist du ja. Ich hab' überall nach dir gesucht!", begrüßte ihn Phil.

"Was zur Hölle ist mit deinem Auto passiert? Bist du okay?", wollte Mike wissen.

"Erzähl ich dir alles später.", erklärte sein Bruder.

"Und Hi, ich bin Phil!", begrüßte er Eva.

Mike hob seinen Koffer hoch.

"Irgendein Arsch wollte meinen Koffer stehlen, aber jetzt ist er wieder da!", jubelte er.

Phil schüttelte den Kopf und meinte:

"Ja, aber es ist nix drin!"

Mike öffnete den Koffer und stellte fest, dass er Recht hatte.

"Das...glaub' ich jetzt nicht!", seufzte er frustriert.

Phil ging zum offenen Autofenster, reichte hinein und gab Mike seine Sachen und das Notebook zurück. Der nahm alles ziemlich verdutzt entgegen.

"Woher hast du...", begann er, aber Phil zeigte auf den Koffer und unterbrach ihn:

"Ich muss mich bei dir entschuldigen!"

"Wieso das denn?", fragte Mike überrascht.

"Weil ich vorhin gesagt habe, du hättest keinen Sinn fürs Geschäft. Du nicht nur einen, sondern sogar zwei Koffer - und noch 'ne Perle gefunden!"

Eva lachte über die Bemerkung. Mike zog den Vertrag aus der Tasche und reichte ihn Phil.

"Ich hab' ihn unterschrieben!"

Er übergab Phil die Papiere. Der inspizierte sie kurz und zerriss sie dann gleichgültig.

"Weißt du - du hattest auch Recht!"

Er ging ums Auto, hob sein Nummernschild auf und verabschiedete sich:

"Ich ruf dich an, Bruder!"

Mike gab ihm die Brofist und Phil stieg wieder ein. Sie sahen hinter ihm her, als er wegfuhr. Eva lachte.

"Nett, dein Zwillingsbruder!"

Mike nickte.

"Ja, irgendwie schon!"

"Geh'n wir dann jetzt was frühstücken oder passiert sonst noch irgendwas?", fragte er.

"Ich glaube das war's erstmal", vermutete Eva.

Ohne weiteres drehten sie sich zueinander um und küssten sich, die Koffer immer noch in den Händen.